獵捕獨角獸

黑色幽默大師馮內果從未公開之最新遺作

Armageddon in Retrospect,
and Other New and Unpublished Writings on War and Peace

馮內果 著・圖　陳信宏 譯

總導讀／

在荒誕的世界發現人生的意義

——試論馮內果的作品

陳長房

馮內果（Kurt Vonnegut, 1922-2007）科學的知識豐富，形塑了他獨樹一幟的風格：以科學幻想的意境諷喻現實，將荒誕不經的遐思與重大的社會政治寓言合而為一。從他五〇年代問世的《自動鋼琴》（*Player Piano*, 1952）以來，他完成了近二十部作品，其中大多是長篇小說，兼及短篇故事、舞台劇和評論集。

想像如鋼線撥入高空向宇宙深處遠航

他早期的作品主要採用傳統的藝術手法，科學幻想的成分比較突出，因此在五〇年代他被視為一般的科幻小說家。其中的內容，或上溯渺茫混沌，直觸時空的核心，想像如鋼線撥入高空向宇宙深處遠航，進入神祕不可捉摸的領域。馮內果有時運用星際空間宏闊開放的場域，以極盡誇張矯飾的描述，指出人類行為的毫無意義。在《自動鋼琴》裡，作者描繪一個陰黯不明的未來視景，故事主要的衝突源自人類和機器之間所衍生的衝突。物據雕鞍人做馬，人為物役的局面是以一架自動演奏的鋼琴表現出來。一位傑出的藝術家的演奏竟然被一部機器所複製、摹仿，演奏者本人則成了無用多餘的廢物。小說反映了現代人的困境和尷尬。人類生活在荒誕詭譎的世界裡，隨時隨地皆可能被異己的力量所吞噬和剝削毀滅。如何努力維護獨立自主的特性，掙脫別人所設置的陷阱和圈套，一直是身處於複雜的西方社會裡的當代人所面臨的一個重大課題。

第二部作品《泰坦星的海妖》（*The Sirens of Titan*, 1959）探討處於荒謬神祕的宇宙中，人類經常遭受到的愚弄和利用，在變動不居的事件中，人類常不由自主地變為祭品。作者慨嘆科學雖然發達可以遨遊無窮之域，但是人類卻未必能按個人的自由意志行事，人類也未必能主宰自己的命運。處處受外力的制約，為別人所利用，主角在火星上被剝奪了記憶和思維的能力，只有聽人差遣擺布。主角在泰坦星上最後的日子裡，由一個自私無知、放蕩不羈的人頓然變成了謙恭有禮、奮發進取，終於明白愛的真諦，人類要尋求生活的意義，必須向內心探索，不假外求，不是到外部獵奇。一心想駕馭控制別人，最後還是不會明白愛，必然孤獨無依，在廣漠荒寒的宇宙中永遠漂泊了。

《夜母》（*Mother Night*, 1962）表面是描述一位充當希特勒英語廣播員的美國情報人員的故事。故事的場景，仍是一個缺乏真理的世界，人類陷入一個多種力量相互頡頏競爭的泥沼中，扮演著自相矛盾的角色。在這部小說的序言，作者曾提出一段發人深省的話：「人類是自己虛偽建構出來的東西，因此，對於一切的巧飾偽裝，我們都輕忽不得。」人類之所以不能以真面目顯現在世人面前，按照個人的理想和自我的意志獨立生活，除了人性本身的缺陷外，外在無情殘酷的世界也是主因。故事的主人翁自己承認無法明辨是非，因此犯下背叛殘忍、違背良知的罪行。但是，他也暗示人類一切的愚昧罪行的根源或許是瘋狂而失去理性的世界所逼。個人的行為只不過是「無盡的黑暗」——「黑夜母親」的產物。作者援引了《浮士德》的名言做為作品的標題，寄意遙深。在這茫茫黝黯的黑夜中，善與惡、是與非、好與壞，一切都撲朔迷離、顛倒逆轉、混淆不清。

空間旅行與時間旅行是人類最後的撤退

《貓的搖籃》（*Cat's Cradle*, 1963）是一部「末日小說」，旨在說明一切都是謊言。人類一面追求和平，一面卻又竭力製造核武。科學家的「瘋狂」在於他們的「無知」。「原子彈之父」的發明在廣島毀滅數萬生靈之際，他本人卻在哄孩子玩「貓的搖籃」的遊戲。（這是一種用一圈繩子繞在雙手指上，翻出叫做「貓的搖籃」的花樣哄小孩玩的遊戲。）作者藉此象徵一切虛假偽善的東西。馮內果批判人類，為了要攀登科學的頂峰，欲窺探宇宙的奧祕，卻又不能把知識用於造福人類的目的，其結果將導致自我毀滅。此外，馮內果也以諧擬的口吻，探討人類為了祛除貧苦和疾病，僅憑社會改革是不足恃，《貓》書曾有人想藉著建立一種「渴望遮滅的宗教」拯救生靈於塗炭，最後卻帶來苦難和死亡。

《金錢之河》（原譯名為《上帝保祐你，羅斯瓦特先生》〔*God Bless You Mr. Rosewater*, 1965〕）描寫一個大資本家「還財於民」的故事。小說中對於人類瘋狂的鶩逐金錢的習性，有著辛辣而犀利的剖析。主人翁家族的發達史就是一部巧取豪奪的歷史。人人交相利：好比一位好的飛行員一直在尋找一處降落地點，有心人理應尋找大筆金錢要轉手的時機，抓住一切機會中飽自己。故事的主人翁雖有博愛善行的義舉，反被視為「異端」和「瘋狂」。畢竟，這個腐朽透頂的世界並不是一兩個慈善家良心發現就能改變的。主人翁做了許多好事，竟然還有人被收買到法院做偽證。看來在這個世界上，一切只能求「上帝保祐」了。人性的淪喪，莫此為甚。

在馮內果的小說中，被動屈從、順服接受和壓抑克制是人類在面臨困境無計可施而想出來的辦法。《第五號屠宰場》（*Slaughterhouse-Five*, 1969）把科幻小說與現實境遇冶於一爐，描述人類的生活與人類的感情脫節失序的窘況。一九四五年，德勒斯登遭到轟炸，馮內果和其他戰俘在地下貯存獸肉地窖裡過了一夜，逃避頭頂上的一場狂轟濫炸。這次空難的躲避有極深刻的象徵喻意，象徵人類不時掩埋自己以求生存的方式。

小說的主人翁畢勒‧皮爾格林除了在戰場上有過九死一生的經驗，他小時候學游泳也有過失去知覺、差一點溺斃的經驗。馮內果描述許多面臨生死邊緣或受苦受難的人所採取的方式是冷靜超然根本就不去想它。把自己掩埋在池底下、地底下或是宇宙底層，人類可以無視時間與空間的存在，任憑自己的心靈自由飄盪，八方馳騁。

馮內果運用科幻小說的技巧，安排主人翁一次飛往特拉法馬鐸的航行。這次的經歷讓他認識了四度空間，也學會了如何看待死亡，認為當人死去時，他只是貌似死去。對於死亡、戰爭和人類的冰原，馮內果的回答是飛向太空。在許多描述畢勒‧皮爾格林飛往特拉法馬鐸旅行中，馮內果暗示空間旅行或時間旅行是最終的撤退，是空虛之苦的終結。當你從特拉法馬鐸上，登高俯瞰芸芸眾生的一切，你頓然會覺得人類的得失成敗是非對錯皆微不足道。特拉法馬鐸不僅提供了僅次於永恆事物的優越地位，而且提供了在星際中浩邈無涯冷寂空洞的背景以觀察人間世。（畢勒有通天下地穿越時間旅行的本領，能在過去、現在、未來的永恆時空裡隨意馳騁。因此，他睡覺時是個年邁的鰥夫，醒來卻是正當新婚燕爾；走出門是一九五五年，到了門外卻是一九六六年。他看到過自己無數次的生與死，他的一生不過是在碧落與黃泉、生與死之間對某些事件隨意做旅行探訪。）

這篇作品的副標題是「孩童的十字軍」（The Children's Crusade），借用了中世紀誘騙兒童送死的事，影射當代戰爭機器同樣將無數年幼無知的人送去當炮灰。馮內果借主人翁畢勒之口要住在特拉法馬鐸的人告訴他，星球上的人是如何和平相處，畢勒要把這個訊息帶回地球，好讓人類得救。

馮內果在六〇年代陸續出版的三部長篇小說《貓的搖籃》、《金錢之河》與《第五號屠宰場》，是他創作的高峰，極受西方評論界推崇，在大學校園的青年學子中還出現了不少「馮內果迷」。評論家也不再視馮為一位恣肆於詭譎怪誕的世界或往來倏忽於太空科技的幻想而已；馮更關心的是二十世紀人類與社會的關係，只不過他的口吻略帶辛辣諷刺，擅於鎔鑄一些科技知識罷了。六〇年代美國文學所掀起的黑色幽默（Black Humor）風潮自然也帶給他不小的衝擊，在五〇年代至七〇年代的創作生涯中，可以《冠軍的早餐》（*Breakfast of Champions*, 1973）做為總結。

唯有撲朔迷離的幻想能帶給絕望的人類一絲時隱時現的朦朧光影

馮內果對於人性的看法極為悲觀，認為人類常有自毀的傾向。而他有一種極為獨特而且古怪的念頭，相信人類創造毀滅自己的能力是無止境的。縈繞其心揮之不去的陰影，正好也是二十世紀全人類所面臨的一些問題，諸如：人口爆炸、環境污染、種族歧視、資本家的貪婪、機械至上、毒品泛濫、全球戰爭和種族滅絕等，不一而足。馮內果認為，人類為自己創造了許多機械化、化學合成或以消費導向的虛假文明（an ersatz civilization）；但是在創造的過程裡，人類也逐漸物化而喪失自我。因為科技的過度發展導致生態的失衡；經濟上財富分配的不均催化了社會架構的崩潰。馮內果也不相信未來會有不同；只要人性不變，人類的未來恐怕仍然介乎好與壞的灰色地帶游移飄盪。

《冠軍的早餐》是假托一位名叫費爾鮑・史塔奇（Philboyd Studge）做為故事的敘述者，向讀者描述兩位孤獨而瘦弱、有相當年紀的白人在一個即將殞滅的星球上相遇的故事。一個是科幻小說家吉爾戈・圖勞特（Kilgore Trout），另一位是汽車商德韋恩・胡佛（Dwayne Hoover）。圖勞特寫了一本書，其中描寫「宇宙造物主」創造了許多生物，其中有一個是試驗品，唯有他能憑自由意志，當家做主，其他的生物皆只是按照上蒼計畫行動的機器。胡佛讀了圖勞特的書後，認為自己就是那個創造者的試驗品，周遭的人都只是為了刺激他，來完成這個試驗的機器，因此，他相信他們無知無覺，不知痛苦。在一次宴席上他失神瘋狂，把許多人打成重傷。

反對把人變成機器是馮內果作品一貫出現的主題，幾乎可以說是二十年來貫穿在他全部創作活動的中心思想。在《冠軍的早餐》中，作者揭示的正是資本主義社會，科技發展的極致，難免會把人類當作機器了：「每個人似乎都在搶奪他們能夠攫取到手的一切東西，特別能搶的人就像神仙似的富足。」在整個宇宙大運動中，物質和機器取代人的主體性，宰制人類。馮內果在故事中，以各種譬喻來闡明這一個觀點，黑色幽默的意涵十分濃厚。因此，一對吵嘴的夫婦是「打架機器」，打架的原因是女的想讓男的成為「造錢機器」，男的想讓女的成為「家務機器」，男的一怒之下趕走女的，後者就成了「哭泣機器」，男的就跑去找他的朋友「喝酒機器」和「性愛機器」，後來男的悔悟成了「道歉機器」，女的受了感動成了「原諒機器」。作者以類似這種鋪天蓋地、滑稽突梯的比喻，表現了小說的主題，揭示了作者對於人類喪失主體性和對於世界絕望的感慨。

馮內果在《冠》書結束的地方，借用敘述者史塔奇之口，對小說中一再出現的人物，科幻小說家圖勞特說：「圖先生，我快過五十歲生日了。在未來的不同歲月中，我要以托爾斯泰解放農奴的心情，使自己得到淨化和新生。托爾斯泰解放了他的農奴，湯馬斯・傑佛遜解放了奴隸。我要使所有曾在我的寫作生活中忠實地為我服務的人物得到自由。」表面上，作者雖然明言將向陪伴他近半世紀的小說人物道別，但是他七〇年代後半期至八〇年代的作品，依稀呈現他慣有的筆觸，只是更加凝練濃縮而已。馮內果擅長用短小精悍的語句章節、虛實相間的場景來捕捉急促跳動的時代脈搏，這種形式本身也與機械化的社會節奏遙相吻合，彷彿電影中的蒙太奇，形塑了呼應、懸念、對比、暗示、聯想的效果。此外，科幻小說的模式也讓讀者有置身於神祕奇幻的世界中。一則強調人類不僅在地球上或宇宙間，不僅在眼前或未來，人生都顯得毫無意義，既荒誕又孤獨；一則表明現實的醜惡，只有在想像中才能得到抒解，唯有撲朔迷離的幻想能帶給絕望的人類一絲時隱時現的朦朧光影。這段時期的重要作品，包括了《鬧劇》（*Slapstick, or Lonesome No More*, 1976）、《囚犯》（*Jailbird*, 1979）和《槍手狄克》（*Deadeye Dick*, 1982）。

一定要在一個本來沒有道理的世界講道理，當然令人疲憊

在《鬧劇》的前言裡，馮內果談到創作小說的方法，他相信「書中的文章相互之間不需要有什麼聯繫，但作者需要做精心的選擇，好讓整體讀來能產生一種綺麗的、驚詫的、深邃的生活形象。小說不需要有開端、中心、結尾、情節、道德、寓言、效果。」因此，他的後期小說一般都沒有主要故事線索；沒有結構和細節的描寫，寥寥數筆勾勒出人物和環境；大量的插曲交錯，增加小說明快跳躍的節奏；以誇張跡近荒謬的手法，彰顯紛亂的社會現象，和隱蔽詭異的人類心理。在故事的敘述中經常用黑色幽默的口吻插入作者本人或人物的議論，這些議論有時喧賓奪主，反而成為小說中的主要內容。而作者總是把這些議論濃縮成警策性的句子，俾能做到言簡語奇、含意深切而精警動人。不論是諷刺崇尚金錢拜物的「民主」與「司法」制度為主題的《囚犯》，或是誤觸中子彈爆炸的《槍手狄克》，這些照馮內

果看來都是歷史的錯誤、人類的災難，是荒謬世界裡無法逃避的現實，因此只能以黑色幽默一笑置之。

即使到了九〇年代，馮內果對於複雜轇轕的現代世界仍然無法完全理解。他仍然用渲染潑墨的筆調和亂針刺繡的章法來襯托現代社會的荒謬和混亂，用玩世不恭的態度對現代世界進行冷嘲熱諷，文筆犀利幽默，語言在精練中表現出豐潤，能隨物賦形，依然極具功力。

只是，面對荒誕世界裡一切荒誕的事物，諸如戰爭、暴行、失望、痛苦等，作家仍然很難正正經經地找到答案。充其量只能像馮內果一樣讓讀者跟著他含著眼淚微笑。（馮內果在《冠軍的早餐》裡給自己畫了一幅漫畫：鼻孔冒煙，兩眼流淚，表示他既悲傷又憤怒，這幅自畫像表達了他的真實思想和感情。）人類對於令人絕望、異想天開、蠻橫殘暴的事物不斷冷眼旁觀，甚至無動於衷，就像馮內果的代表作《第五號屠宰場》的畢勒一樣，最後只能拋下一句：「事情就是這樣」（So it goes）這類嘲弄性的天問語氣。探索人性，卻有著更多的疑惑。套用《冠軍的早餐》裡科幻小說家圖勞特的話來說：「一定要在一個本來沒有道理的世界老講道理，當然是令人疲憊的。」在這個沒有道理的世界上，我們只有學習馮內果以謙卑的態度和幽默的雅量，包容人類的一切了。

陳長房，美國印第安那大學比較文學博士。

目次

引言／我的天才老爹

馬克・馮內果

我筆下的文字，唯有看起來像是出自印第安那波里斯人之手，才最能受到我自己的信任，也顯然最能受到別人的信任，因為我就是土生土長的印第安那波里斯人。

我們還不如砸奶油派算了。

——寇特・馮內果對反戰運動影響越戰進程的評語

對我父親而言，寫作是種心靈活動，是他唯一真正相信的事情。他有撥亂反正的理想，但從沒想過自己的著作會對世事的發展產生那麼大的影響。他是以約拿[1]、林肯、梅爾維

1 編註：聖經故事中的先知。

爾，以及馬克・吐溫為模範的。

他總是一而再，再而三地修改自己的文章，不斷喃喃唸著自己剛寫下的文字，搖頭晃腦，比手畫腳，反覆更動語調和節奏。然後，他會停下來，若有所思地撕下打字機上那張打了沒幾個字的白紙，揉成一團，丟到一旁，從頭來過。成年人鎮日做著這樣的事，似乎有些奇怪，但我當時只是個懂得不多的孩子。

他在語文方面有過人的天分。到了八十幾歲，玩起《紐約時報》的字謎還是速度飛快，不但一筆在手就可以玩得興味盎然，而且從來不需要別人的幫忙。他從沒上過拉丁文的課程，但我只要告訴他句尾的那個字眼是動詞，他就能夠直譯我的拉丁文作業。不論是小說、演講稿、短篇故事，還是書籍封面上的短評，他下筆都是字斟句酌。如果有人認為寇特的笑話或散文是靈感泉湧、不假思索就寫出來的成果，那麼這個人一定不曾寫作。

他最喜歡的笑話之一，是一個推車走私販的故事。多年來，海關每天都仔細搜查這個走私販的推車。

最後，在走私販金盆洗手前夕，海關終於忍不住問他：「我們已經是朋友了。這麼多年來，我每天都仔細搜查你的推車，你究竟走私了些什麼？」

「我的朋友，我走私的正是推車啊。」

寇特每次說起這則笑話，總是笑彎了腰，頭趴在腿上，抬起頭看著旁人。如果他笑得咳起來，則不免讓人擔驚受怕。

有一次，我花了一個星期寫一篇文章，結果只換得五十美元的稿費，不禁發起牢騷。他對我說，想想看，如果那兩頁文章是一篇宣傳我寫作能力的跨頁廣告，那得花掉我多少錢？

只要同是寫作人或是有意寫作的人，寇特都會特別珍惜，而且不吝於幫忙。我不只一次看他拿著話筒，對著某個不知怎麼而打電話來的醉鬼，緩慢而仔細地說明如何編寫故事或笑話，談著推車走私販的故事，談著自己的工作。

「誰打來的？」

「不知道欸。」

寇特一旦提筆寫作，就像是踏上了一場長征。藉由以往的經驗，他知道自己只要不斷前進，就可能無意間遇上什麼好事，再經過修改精進，即可化為自己的作品。不過，這種情況雖然發生過許多次，寇特卻還是沒什麼自信。他總是擔心自己隨時可能江郎才盡，也擔心自己顯而易見的成就不免煙消雲散。

他擔心自己腿太細，網球打不好。

他總是吝於挪出時間取悅自己，不過寫出好作品時，倒是掩藏不住發自內心的欣喜。

他人生中最不快樂的時光，就是遇上「瓶頸」，寫不出好文章的時候。這種時期可能持續幾個月，甚至長達一整年。他為了突破瓶頸，大概什麼方法都試過了，但就是無法坦然面對心理諮商，而且對心理諮商的效果也總是抱持著懷疑的態度。在我二十出頭的時候，他才有意無意地透露，說他害怕心理治療會把他變成正常人，從此與世界相處融洽，如此一來，他的寫作生涯也到盡頭了。我只好安撫他說，心理醫生絕對沒那麼高竿。

他曾對我說：「你如果寫不出條理分明的文字，那麼你的思緒大概不像你自以為的那麼清楚透徹。」你如果認為他的哪一篇文章寫得理路不清，你也許是對的。但為了確認起見，最好再讀一遍。

一個在經濟大蕭條期間生長於印第安那波里斯的小孩，立志成為作家，而且是名作家，結果他真的實現了理想。他遭遇了哪些困難呢？可以說他屢敗屢戰，往牆上丟了許多義大利麵，所以培養出敏銳的眼光，知道什麼樣的麵條才黏得住。

我十六歲那年，他到鱈角社區學院應徵英文教師，但沒有被錄取。我母親說她曾經用假名到書店訂購父親的書，好讓他的作品至少能夠陳列在書店裡，只盼會有人注意到。五年後，他出版了《第五號屠宰場》，結果出版社以百萬美元和他簽了一份出版多本著作的合約。我們花了點時間才適應。現在，大多數人回顧過去，總認為寇特在寫作上功成名就是「理所當然」的事。在我看來，這樣的結果根本是說不準的，事情也很有可能不這麼發展。

他常說他成為作家是不得不然，因為他對其他工作都不拿手。他的確不善於當員工。一九五〇年代中期，他曾經短暫受雇於《運動畫刊》。他報到上班，老闆要求他寫一篇短文，報導一匹賽馬跳過圍牆、試圖逃跑的新聞。寇特盯著面前的白紙，看了一整個早上，只打這幾個字：「那匹馬跳過了他媽的圍牆。」然後拂袖而去，再度恢復了自由業的身分。

我從沒見過像他這樣，對飲食興趣缺缺的人。部分原因是他抽菸抽得很凶。他有一次抱怨自己活太久了，我說，這是因為上帝想知道一個人究竟可以抽多少菸，也想知道寇特在下一刻會說出什麼話來。他常說，自己想說的話都說完了，但我始終不曾認真看待他這句話，因為他從四十幾歲起就一直這麼說，結果到了八十幾歲還是一再出人意表，不斷寫出令人拍案叫絕的作品。

世間最激進大膽的想法，就是認為努力工作、努力思考、努力閱讀、努力寫作，以及努力付出也許有其意義。

他是個深信過程具有奇妙力量的作家——他認為寫作過程對他極有效益，而閱讀過程對讀者也可能有同樣的影響。他非常珍視讀者付出的時間與精力。他以發自內心的情感與人產生連結，因為他明白內容不等於整個故事。寇特向來有如一道門檻或關卡，讀者一旦叩關入門之後，從此就看得懂其他作家的作品了。

「有人高中畢業之後還會看我寫的東西嗎？」

*

他教授說故事的方法，也教導讀者如何閱讀。他的作品往後還是會持續產生這樣的效果。他一向具有顛覆性，但不是一般人以為的那樣。在我所知的人當中，他是最不瘋狂的一個。他不吸毒，也不飆車。

他總是努力當喜鵲。他一直認為伊拉克戰爭不會發生，直到戰爭爆發的那一刻為止。這件事讓他心碎，不是因為他在乎伊拉克，而是因為他熱愛美國，而且深信這個孕育了林肯與馬克・吐溫的國家與人民必然會設法走上正道。他和當初移民來美的祖先一樣，深信美國能成為世界的燈塔與樂園。

他不禁認為，與其要花這麼多錢在遠方轟炸破壞、奪人性命，導致世人對我們深惡痛絕且心存畏懼，還不如把這筆錢投入公共教育和圖書館。相信他的遠見終將獲得歷史證實，甚至可能早已證實了。

閱讀與寫作本身就是顛覆性的活動，其所顛覆的既定概念就是：世事發展沒有其他的可能性，而且你孤立無援，從來沒有人和你有過相同的感受。讀者閱讀了寇特的著作，就會發現自己原來有能力影響世間的事物。只因為他們讀了一本微不足道的小書，世界就從此改變。想想看，這是多麼了不起的事。

*

大家都知道寇特性情抑鬱，但大家都知道的事，通常有充分的理由讓人懷疑。他的確不想快樂，也說過許多令人沮喪的話，但我真心認為他從來不曾鬱悶過。

他就像是個外向的人，卻想表現出內向的模樣；善於社交，卻想獨來獨往；人生中充滿幸運，卻寧可遭遇不幸。他是樂觀主義者，卻刻意擺出悲觀的姿態，希望藉此引起眾人注意。直到伊拉克戰爭爆發，而且他的人生也走到了盡頭，他才真正陷入憂鬱。

他曾經因為服藥過量被送到精神病院。那起事件令人覺得詭異又離奇，但我們從來不覺得他真的有生命危險。才不過一天，他就在交誼廳裡蹦蹦跳跳，打著乒乓球，交起朋友來了。感覺上就像是他想要模仿精神病患，但表現得不太具有說服力。

醫院的心理醫生對我說：「你爸爸患有憂鬱症，我們要開抗憂鬱的藥物給他。」

「好吧，可是他完全沒有我在憂鬱症患者身上看到的那些症狀。他沒有懶洋洋的模樣，看起來也不哀傷，而且吸收知識還是很迅速。」

「但他確實企圖自殺，」心理醫生說。

「呃，算是吧。」在他服下的所有藥物中，根本沒有哪一種達到會中毒的劑量。其中最多的就是泰諾[2]，但也差不多只到具有療效的分量而已。

「難道你認為我們不該開抗憂鬱藥物給他嗎？我們總得做些什麼吧。」

「我只是覺得我該告訴你，他看起來不像憂鬱症患者。我很難說寇特怎麼了，但我絕不是說他完全沒問題。」

我的書迷和寇特的書迷不太一樣，差別在於：我的書迷知道自己有心理疾病。

寇特善於評論別人，自己卻不太能接受別人的評論。對於家人，他所寫、所說的話通常不討人喜歡。我們只能學著適應，反正他就是這樣。後來，我在一篇文章裡提到寇特，說他一心想成為著名的悲觀主義者，想必非常羨慕馬克•吐溫與林肯曾經歷喪子之痛。他一看到立刻大發雷霆。

「我只是要吸引讀者的注意。除了你之外，根本沒有人會把這句話當真。」

「我很清楚該怎麼寫笑話。」

「我也是。」

喀、喀兩聲，我們各自掛上了電話。

「但願上帝保佑，不過我還是得先和你談談我的後事。」

每隔幾年，他就會寄一封信給我，指示我該怎麼處理他的後事。除了最後一次以外，他每次把信寄出之後都會打一通電話給我，讓我知道他的信不是打算自殺的遺書。在他寄出最後一封「後事指示」的前一天，他剛寫完將於印第安那波里斯發表的馮內果年致詞稿。兩週後，他不慎跌倒，撞到了頭，這一生就這樣玩完了。

我因此有機會比別人更仔細詳讀他人生中最後的那篇講稿，因為我必須代他發表。我看著看著，不禁覺得：「他怎麼憑這種鬼話也混得過去？」關鍵在於他的聽眾。我隨即了解，聽我誦讀這份講稿的人，都深愛我的父親，願意追隨他到天涯海角。

2 編註：一種成人與兒童普遍使用的止痛劑。據知此藥高劑量會損傷肝臟。健康的成年人在連續兩週使用這種劑量後，肝功能指標就會表現為不正常。

「【我】禁欲的程度和百分之五十的異性戀羅馬天主教神父一樣。」這句話根本毫無意義。「討厭鬼是齜著假牙、叼著菸捲，把計程車後座上的按鈕咬掉的傢伙。」「貪吃鬼是對著女生的腳踏車坐墊死命聞個不停的傢伙。」老天爺，我親愛的老爸到底在說些什麼啊？不過，他接著又會說出一句一針見血的話，雖然驚世駭俗，卻真實無比。而你之所以會相信他，就是因為他剛剛才談過禁欲、貪吃鬼，還有討厭鬼。

「打死我也不當醫生。醫生絕對是全世界最糟的工作。」

我們在他晚年的一次對話：

「你幾歲了，馬克？」

「爸，我五十九歲了。」

「還真老啊。」

「是啊，爸。」

我深愛著他。

本書收入的文章大多沒有註明日期，而且全部不曾出版過，每一篇皆自成一套完整的體系，不需要我再加上任何評論。就算你對其中有些文章的內容不感興趣，也請看看其中的結構和韻律，以及用字遣詞。你如果無法從寇特的文章裡獲得閱讀和寫作方面的洞見，也許不該浪費時間看他的書。

他最後一篇講稿的最後一句話，恰好非常適合用來道別。

謝謝各位專心聽我說話，我要閃人了。

二〇〇七年九月一日

一九四五年五月二十九日美國陸軍一等兵小寇特・馮內果致家人的信

寄件人：

小寇特・馮內果，一等兵

12102964 美國陸軍

收件人：

寇特・馮內果

印第安那州印第安那波里斯威廉斯溪

親愛的家人：

我聽說你們大概只知道我「在戰場上失蹤」。由此可見，你們恐怕根本沒收到我從德國寄出的信。這麼一來，我就有不少事情需要交代了。詳述如下：

我在一九四四年十二月十九日成為戰俘，當時我們師遭到希特勒孤注一擲推進盧森堡與比利時的兵力所擊潰。我們遭遇了七個裝甲師瘋狂襲擊，因此與霍奇斯的第一軍斷了聯繫。我們側翼的其他美軍部隊都撤退了，但我們卻不得不留下來抵禦德軍。刺刀對付不了坦克車：我們的彈藥、糧食與醫藥都用完了，傷兵也遠多於還能作戰的人員，只好投降。我聽說第一〇六師為此獲得總統表揚，也獲得蒙哥馬利頒發若干英國勛章，但實在是一點都不值得。我是少數沒有受傷的人員，至少這點該感謝上帝。

自詡為超人的納粹德軍沒有提供我們食物和飲水，也不讓我們睡覺，就這麼一路押著我們步行到林堡，我猜路程約有六十哩。到了那裡，我們全被送上火車，每六十人關在一個密不透風又沒有暖氣的小車廂裡。車廂內沒有衛生設施，地板上滿是新鮮的牛糞，空間也不夠所有人躺臥，只能一半的人先躺下來睡，另外一半則站著。我們在那條林堡支線上馳行了幾天，包括耶誕節在內。皇家空軍在耶誕夜對我們這列沒有標示的火車展開轟炸與掃射，我們之中差不多有一百五十人因此喪生。我們在耶誕節當天喝了一點水，然後慢慢橫越德國，到達位於柏林以南的慕爾堡戰俘營。在元旦那天，德軍把我們從車廂中釋放出來，然後趕我們進淋浴間，用滾燙的水除去我們身上的蝨子。經過十天的飢渴和勞累，許多人在淋浴間裡休克死亡。但我僥倖存活。

根據「日內瓦公約」，軍官與士官遭到俘虜之後，不必勞動。但你們也知道，我不過是個大頭兵。一百五十個和我一樣微不足道的小兵，在一月十日被送到德勒斯登的勞動營。我因為會講一點德語，所以成了小兵們的頭兒。只可惜，看守我們的衛兵殘酷成性，又是納粹的狂熱信徒。他們拒絕提供醫療照護和衣物：我們每天必須長時間從事繁重的勞務。每天配給我們的食物，就是兩百五十克的黑麵包和一品脫沒有調味的洋芋湯。我花了兩個月的時間努力爭取我們的權益，他們卻只以冷笑回應。於是，我跟衛兵說，等俄國人來了，我一定會給他們一點顏色瞧瞧。他們把我揍了一頓，並革去我戰俘首領的地位。被打只是小事——有一個男孩餓死了，還有兩個男孩因為偷東西吃而遭到黨衛軍射殺。

二月十四日前後，美軍來了，後面還跟著皇家空軍。他們在二十四小時內殺了二十五萬人，徹底摧毀了德勒斯登這座很可能是世界上最美麗的城市。但我逃過一劫。

事後，我們必須把屍體從防空洞裡搬出來。女人、小孩、老人，因腦震盪、火災或窒息而死亡。我們把死者運到城裡焚燒屍體的大柴堆上，途中許多百姓不斷對著我們高聲咒罵並丟擲石塊。

巴頓將軍攻下萊比錫後，我們步行撤退到位於薩克森與捷克邊境的赫勒西斯朵夫，在那裡待到戰爭結束。後來，衛兵拋下我們，自行逃走了。在那個歡樂的日子，俄軍卻執意蕩平我們這個地區的零星反抗勢力。他們的戰鬥機對著我們掃射和轟炸，十四個人因而喪命，但我毫髮無傷。

我們八個人偷了一組拉車的牲畜和一輛馬車，花了八天的時間，一路強取豪奪，穿越蘇台德與薩克森，過著像國王一樣的生活。俄軍對美國人崇拜不已，在德勒斯登把我們接走，於是我們從那裡搭乘美國出租給盟國的福特卡車，到了哈雷市的美國防線，然後再搭機到法國勒阿弗爾。

這封信是在勒阿弗爾戰俘遣送營的紅十字會裡寫的。我在這裡吃得很好，也有充分的娛樂。返國的船隻當然都擠滿了人，所以我得耐心等待。我希望能在一個月內回到家。到家之後，我在阿特伯里營區有二十一天可以調養生息、獲得約六百美元的薪餉，還有——注意喔——六十天的休假！

我要說的事情太多、太多了，剩下的等我回家再說囉。我在這裡不能收信，所以不要寫信過來。

一九四五年五月二十九日

愛你們的小寇特

FROM:

Pfc. K. Vonnegut, Jr.,
12102964 U. S. Army.

TO:

Kurt Vonnegut,
Williams Creek,
Indianapolis, Indiana.

Dear people:

I'm told that you were probably never informed that I was anything other than "missing in action." Chances are that you also failed to receive any of the letters I wrote from Germany. That leaves me a lot of explaining to do -- in precis:

I've been a prisoner of war since December 19th, 1944, when our division was cut to ribbons by Hitler's last desperate thrust through Luxemburg and Belgium. Seven Fanatical Panzer Divisions hit us and cut us off from the rest of Hodges' First Army. The other American Divisions on our flanks managed to pull out: We were obliged to stay and fight. Bayonets aren't much good against tanks: Our ammunition, food and medical supplies gave out and our casualties out-numbered those who could still fight - so we gave up. The 106th got a Presidential Citation and some British Decoration from Montgomery for it, I'm told, but I'll be damned if it was worth it. I was one of the few who weren't wounded. For that much thank God.

Well, the supermen marched us, without food, water or sleep to Limberg, a distance of about sixty miles, I think, where we were loaded and locked up, sixty men to each small, unventilated, unheated box car. There were no sanitary accommodations -- the floors were covered with fresh cow dung. There wasn't room for all of us to lie down. Half slept while the other half stood. We spent several days, including Christmas, on that Limberg siding. On Christmas eve the Royal Air Force bombed and strafed our unmarked train. They killed about one-hundred-and-fifty of us. We got a little water Christmas Day and moved slowly across Germany to a large P.O.W. Camp in Muhlburg, South of Berlin. We were released from the box cars on New Year's Day. The Germans herded us through scalding delousing showers. Many men died from shock in the showers after ten days of starvation, thirst and exposure. But I didn't.

Under the Geneva Convention, Officers and Non-commissioned Officers are not obliged to work when taken prisoner. I am, as you know, a Private. One-hundred-and-fifty such minor beings were shipped to a Dresden work camp on January 10th. I was their leader by virtue of the little German I spoke. It was our misfortune to have sadistic and fanatical guards. We were refused medical attention and clothing: We were given long hours at extremely hard labor. Our food ration was two-hundred-and-fifty grams of black bread and one pint of unseasoned potato soup each day. After desperately trying to improve our situation for two months and having been met with bland smiles I told the guards just what I was going to do to them when the Russians came. They beat me up a little. I was fired as group leader. Beatings were very small time: -- one boy starved to death and the SS Troops shot two for stealing food.

On about February 14th the Americans came over, followed by the R.A.F. their combined labors killed 250,000 people in twenty-four hours and destroyed all of Dresden -- possibly the world's most beautiful city. But not me.

After that we were put to work carrying corpses from Air-Raid shelters; women, children, old men; dead from concussion, fire or suffocation. Civilians cursed us and threw rocks as we carried bodies to huge funeral pyres in the city.

When General Patton took Leipzig we were evacuated on foot to Hellexisdorf on the Saxony-Czechoslovakian border. There we remained until the war ended. Our guards deserted us. On that happy day the Russians were intent on mopping up isolated outlaw resistance in our sector. Their planes (P-39's) strafed and bombed us, killing fourteen but not me.

Eight of us stole a team and wagon. We traveled and looted our way through Sudetenland and Saxony for eight days, living like kings. The Russians are crazy about Americans. The Russians picked us up in Dresden. We rode from there to the American lines at Halle in Lend-Lease Ford trucks. We've since been flown to Le Havre.

I'm writing from a Red Cross Club in the Le Havre P.O.W. Repatriation Camp. I'm being wonderfully well feed and entertained. The state-bound ships are jammed, naturally, so I'll have to be patient. I hope to be home in a month. Once home I'll be given twenty-one days recuperation at Atterbury, about $600 back pay and -- get this -- sixty (60) days furlough!

I've too damned much to say, the rest will have to wait. I can't receive mail here so don't write. May 29, 1945

Love,

Kurt - Jr.

最後的演講稿

寇特・馮內果於印第安那波里斯克勞威斯廳，
二〇〇七年四月二十七日

謝謝。

我以模範人物的身分站在各位面前，這全是出自彼得森市長（Bart Peterson）的好意。感謝他促成這次機會，願上帝保佑他。

如果這樣還不算好，那我就不知道怎麼樣才稱得上好了。

況且，想想看：在二次大戰期間，才不過三年，我就從二等兵升到下士，這是拿破崙和希特勒都擔任過的職銜。

我其實是寇特・馮內果二世。現在，我的孩子一樣步入了中年晚期，在背後議論我的時候也還是這麼說我：「二世這樣，二世那樣。」

不過，每當各位看到南經街與華盛頓街交叉口的艾瑞斯鐘，請懷想我父親寇特・馮內果一世，他是那座鐘的設計者。實際上，他和他的父親伯納・馮內果設計了那一整棟建築。他也是果園學校與兒童博物館的創辦人。

*

他的父親，也就是我的祖父——建築師伯納・馮內果，設計了許多建築物，其中之一是雅典娜俱樂部，在第一次世界大戰前原本稱為「德意志屋」。除了想拍那些希臘裔美國人的馬屁之外，我實在想不出來他們為什麼會把名稱改為「雅典娜俱樂部」。

相信大家都知道我已經向寶馬香菸的製造商提出訴訟，因為他們的產品沒有害死我，而且我現在已經八十四歲了。告訴你們：我在芝加哥大學修讀過人類學，那是第二次世界大戰結束後的事情，也就是我們打贏的最後一場戰爭。體質人類學家研究了好幾千年前的人類頭骨之後，表示我們的壽命其實應該只有三十五年左右，因為在現代牙醫學出現之前，人類牙齒的壽命大概就只有這麼長。

往日的時光多美好：三十五歲就可以走人了。這才是上帝的智慧設計嘛！現在那些嬰兒潮世代，可憐的傢伙，他們有錢接受牙醫治療、購買健康保險，結果就得活到一百歲了！

說不定我們該以法律禁止牙醫看診。說不定醫生也不該再治療肺炎。這種病在以前可是叫做「老年人的朋友」哪。

*

不過，我今晚最不願意做的事，就是破壞各位的心情，所以我想到了一件我們可以一起做的事，而且絕對會讓大家開心。雖然我們國家在當前分裂得這麼嚴重，這麼令人感慨，但我認為我們可以想出一個說法，讓所有的美國人，不論共和黨還是民主黨，有錢人還是窮人，異性戀還是同性戀，都能夠一致同意。

我想到全美都會一致同意的第一個說法是：「糖是甜的。」

美國分裂得這麼嚴重，令人不勝唏噓，這絕對不是什麼新鮮事，尤其在我土生土長的印第安那州更是如此。我小時候，這裡是三K黨全國總部所在地，也是梅森—狄克森線[1]以北最後有非裔美國人遭到私刑處死的地方。如果我沒記錯，應該是在馬里昂縣。

但是，印第安那州也是勞工領袖尤金・戴布斯的出生地和家鄉。他家就在特雷霍特，現

1 譯註：位於賓州與馬里蘭州之間，是美國南方與北方的象徵性界線。

在那裡設了一座最先進的毒物注射死刑行刑場。他生於一八五五年，死於一九二六年，曾因反對鐵路公司而領導全國罷工，也因為反對我國參加第一次世界大戰而坐了一陣子牢。

社會黨提名戴布斯參選了幾次總統，他打出的競選口號是：「只要社會上有下層階級，我就是其中一分子；只要社會上有人被視為罪犯，我就是其中一人；只要還有靈魂被囚禁，我就不得自由。」

這番話大概可以算是從耶穌基督那裡偷來的，可是要獨創新語是多麼難的事情，那絕對不在話下。

總之，有什麼說法是所有美國人都會一致同意的呢？「糖是甜的。」沒錯。不過，我們既然身在大學校園裡，當然應該想出有點文化水準的東西。我提議一句話：「〈蒙娜麗莎〉，那幅收藏在巴黎羅浮宮裡的達文西畫作，是一幅完美的作品。」

贊成的人，請舉手。大家是不是都同意這個說法？

好，手放下。我敢說在場的各位一致同意〈蒙娜麗莎〉是一幅完美的畫作。不過，這句話只有一個問題，而我們所相信的一切事物大概都有同樣的問題：這不是事實。

請注意：蒙娜麗莎的鼻子偏向右側，對不對？也就是說，她右側的臉頰是退隱面，距離我們比較遠，對不對？可是她的右臉卻沒有隨著三度空間的透視效果而縮短。而達文西絕對能夠輕易畫出這樣的效果，他只是純粹偷懶而已。如果達文西是印第安那波里斯人，我一定以他為恥。

＊

這也就難怪蒙娜麗莎的微笑看起來怪怪的了。

可能有人想問我：「你難道不能嚴肅一點嗎？」答案是：「不行。」

我在一九二二年十一月十一日出生於衛理公會醫院，當時這座城市的種族隔離現象就像當今的職業籃球和美式足球隊伍一樣嚴重。婦產科醫生朝我的屁屁打了一掌，要我開始呼吸。我有沒有大哭呢？沒有。

我說：「大夫，我剛才出產道的時候，遇到了一件怪事。一個乞丐跑到我面前，說他已經三天沒吃過一口飯。所以我就咬了他一口！」

不過，說真格的，我的印第安那鄉親，今晚有好消息，也有壞消息。現在是最好的時代，也是最糟的時代。好吧，還有什麼新鮮事呢？

壞消息是，火星人已經在曼哈頓登陸，而且住進了華爾道夫大飯店。好消息是，他們只吃無家可歸的流浪漢，膚色不拘，而且他們撒出來的尿是汽油。

我信教嗎？我信奉一種混亂的宗教。我是極端混亂的教徒。我們的教會叫做「永怒聖母堂」。我們禁欲的程度和百分之五十的異性戀羅馬天主教神父一樣。

＊

實際上，一旦我把右手像這樣舉起來，就表示我不是在說笑，表示我發誓自己說的話是真的。所以，我其實是美國人道協會的榮譽會長，從已故的科幻大師艾西莫夫手上接下了這個沒什麼用處的職位。我們這種人道主義者，總是盡可能表現出良好的行為，完全不期待死後的獎賞或懲罰。我們盡可能服務我們唯一熟知的抽象對象，也就是我們的社群。

我們對死亡不會感到恐懼，各位也不應該害怕。大家知道蘇格拉底對死亡的看法是什麼嗎？當然，他說的是希臘語。他說：「死亡只不過是另一個夜晚而已。」

身為人道主義者，我熱愛科學。我痛恨迷信，因為光靠迷信絕不可能發明出原子彈。

我熱愛科學，不只是因為科學讓我們有能力糟蹋其他星球，還有一個原因是我不喜歡地球。科學解答了我們的兩大問題：宇宙是怎麼誕生的？我們和其他動物又怎麼得到這麼美妙的身體——有眼睛、大腦、腎臟，以及其他各種器官？

科學把哈伯望遠鏡送到了太空，以便捕捉宇宙初始的光線與黑暗。哈伯望遠鏡也的確做到了這一點。所以，現在我們知道以前是完全的空無，徹徹底底的空無，連空無或昔日都不存在。你們可以想像嗎？不能，因為當時連能夠想像的空無都不存在。

不過，後來發生了一場大爆炸，於是這一切亂七八糟的鬼東西就出現了。

至於我們身上這些美妙的肺臟、眉毛、牙齒、腳趾甲和屁眼，又是怎麼來的呢？是經過好幾百萬年的天擇。所謂天擇，就是一頭動物死了，另一頭則忙著交配。最適者生存嘛！

但話說回來，如果你應該殺掉某個人，不論是出於意外還是故意，藉此提升人類的品質，請不要在交配之後這樣做，因為嬰兒就是這麼產生的，假如你媽媽沒有告訴你的話。

沒錯，我的印第安那鄉親們，我從未否認自己是你們其中的一分子：這的確就是上天的啟示，世界的末日，正如聖約翰與聖寇特・馮內果的預言一樣。

就在我說話的這一刻，最後一隻北極熊可能即將餓死，這是氣候變遷造成的結果，是人類造成的結果。我一定會想念北極熊。牠們的幼熊又溫暖又可愛又天真無邪，和人類的嬰兒一樣。

＊

在這個風風雨雨的年代，這個老呆瓜到底能不能為年輕人提供什麼建議？相信大家都知道，在所謂的先進國家之中，只有我國還有死刑，還有刑求室。我的意思是說，何必問我意見呢？

不過，請大家聽好：如果有一天，各位被判處毒物注射死刑，也許就在特雷霍特的刑場行刑，你的遺言應該這麼說：「這絕對能夠讓我學到教訓。」

如果耶穌現在還活著，我們也會以注射毒物的方式把他處死。這就叫進步。我們處死他的原因和他當初被處死的理由是一樣的，因為他的思想實在太開明了。

我對新手作家有什麼建議呢？別用分號！分號就像是變裝的陰陽人，等於什麼也沒說。分號唯一的用處，就是讓人家知道你可能上過大學。

所以，先是蒙娜麗莎，現在則是分號，我乾脆再說點馬克思的好話，就此奠定我世界級精神病的地位算了。畢竟，在這個國家，還有印第安那州這個小地方，一般都認為馬克思是有史以來最邪惡的人。

他確實發明了共產主義。我們長久以來都被教導要痛恨共產主義，因為我們深愛資本主義，並且用這個名詞稱呼華爾街上的那些賭場。

馬克思當初希望透過共產主義這種經濟架構，促使工業化國家好好照顧人民，尤其是兒童、老人及殘疾人士，因為以前的部落和大家庭就有這種功能，但那樣的社會組織卻因為工業革命而式微。

我想，如果我們夠聰明的話，就不該再恣意唾罵共產主義。倒不是因為我們認為共產主義是良好的制度，而是因為我們的孫輩和曾孫輩已經欠了共產中國一屁股債啦。

此外，中國共產黨還有一支規模龐大且配備精良的軍隊，是我們所欠缺的。我們太小氣了。我們只想用核彈對付所有人。

不過，還是有很多人會告訴你們，馬克思最邪惡的地方就在於他對宗教的看法。他說，宗教是下層階級的鴉片，言下之意顯然是他認為宗教對人有害，所以他想揚棄宗教。

但是，馬克思是在一八四〇年代說出這句話，而「鴉片」一詞不僅只是比喻而已。那時候，鴉片是唯一的止痛藥，可用於紓解牙痛、喉癌，以及其他各種疾病所引發的疼痛。馬克思自己也用過鴉片。

馬克思真心同情貧苦大眾，所以他那句話的意思，其實是說，他很高興他們至少有宗教這種東西能夠稍微減輕生活中的痛苦。他贊同宗教的這項功能，絕對無意廢止宗教，對吧？

他真正的意思，其實就像我現在說的這句話：「對許多不快樂的人來說，宗教可以是他們的泰諾，我也很高興這種東西真的有效。」

至於中國共產黨：他們的生意頭腦顯然比我們高明得多，可能也比我們聰明得多，不論他們是不是共產黨員。我是說，看看他們在我們學校裡的表現有多麼傑出。面對現實吧！我兒子馬克是小兒科醫生，他不久前在哈佛醫學院的招生委員會擔任委員。他說，如果真的完全按照招生規則公正地篩選學生，就會有半數的新生都是亞洲女性。

再回到馬克思身上：我們認為馬克思在一八四〇年代說的那句話是詆毀宗教，那麼當時我們國家的領袖人物又是多麼順服耶穌或慈愛的上帝呢？他們認為蓄奴是合法的，而且在往後的八十年間，不准女性投票或擔任公職。

我在不久前收到一封信，寫信給我的人自從十六歲起就是美國刑罰體系裡的罪犯。他現在四十二歲，即將出獄。他問我，出獄後該怎麼辦。我給他的答覆，也正是馬克思一定會對他說的話：「加入教會吧。」

請注意，我把右手舉起來了，表示我不是在說笑，我接下來要說的是真心話。我認為：在我這一生中，美國在宗教方面最傑出的貢獻不是打敗納粹（儘管我在其中扮演了吃重的角色），也不是雷根推翻了無神論的共產主義（他至少推翻了俄國的共產主義）。

在我這一生中，美國在宗教方面最傑出的貢獻，是非裔美國人民保住了自尊。美國的白人大眾，不論是政府官員還是平民，只因為非裔美國人的膚色就鄙視唾棄他們，甚至認為他們有病，但他們還是保住了自己的尊嚴。

在這方面，他們的教會絕對居功厥偉。所以，又回到了馬克思身上，又回到了耶穌身上。

美國送給世界其他地區的禮物，有哪一樣是世人欣然接受的呢？那就是源自非洲的美國爵士樂，以及由此衍生出來的分枝。我對爵士樂的定義是什麼？「最高等級的安全性行為。」

*

我這一生中最偉大的兩個美國人，就我所知，是羅斯福和金恩。

我聽說，如果羅斯福不是因為患有小兒痲痺而學會了謙卑，他對下層階級就不會有那麼高度的同理心，只會是個自以為是的富家子弟，以及出身常春藤名校的統治階級王八蛋。因為罹患小兒痲痺，突然之間，他的雙腿就不能動彈了。

面對全球暖化，我們能夠採取什麼樣的作為？我想我們可以關掉電燈吧，但是，請不要這麼做。我實在想不出任何辦法能夠修補大氣層。現在已經太遲了。不過，有一樣東西，我倒是可以修補，而且今晚就做得到，就在這裡。我要修補的，是一所優秀大學的名聲，這是在我出生後成立的大學。可是，各位卻把這所學校叫做「印第安那大學」。「印第安那大學」？你們頭殼壞掉了嗎？

「嗨，我念哈佛大學，你念哪一所學校？」

「印第安那大學。」以彼得森市長在二〇〇七年所賦予我的無限權力，我決定把印第安那大學改為「塔金頓大學」[2]。

2 編註：詳後文，見本書頁四六—四七。

「嗨，我念哈佛大學，你念哪一所學校？」

「塔金頓大學。」這樣聽起來是不是有格調多了呢？

一致同意。

*

隨著時間流逝，以後根本不會有人知道塔金頓是誰，也不會有人在乎。我是說，現在還有誰管巴特勒[3]是誰？這裡可是克勞威斯廳。我其實認識克勞威斯家族的幾位成員，都是很好的人。

但我要告訴各位：我今天之所以能夠站在各位面前，完全是因為塔金頓（Booth Tarkington）的人生與成就所帶給我的榜樣。他是本市土生土長的市民，生於一八六九年，死於一九四六年，有二十四年的歲月和我的人生重疊。他是一位出類拔萃且備受敬重的作家，作品包括劇本、小說和短篇故事。他在文學界的暱稱是：「來自印第安那州的紳士」，真是我夢寐以求的稱號。

我小時候，滿心期盼長大後能夠像他一樣。

我們從沒碰過面。我如果在他面前，一定不知道該說些什麼才好，只會以崇拜的眼神望著他。

沒錯，憑著彼得森市長在今年賦予我一整年無限的權力，我要求在場的各位，一定要有人促成塔金頓的劇本《愛麗絲．亞當斯》[4]在印第安那波里斯演出。

說來真巧，我已故的姊姊冠了夫姓之後，也叫「愛麗絲．亞當斯」。她是個一百八十公分高的金髮美女，現在葬在冠山，與我們的父母、祖父母及曾祖父母為伴，那兒還有賴利（James Whitcomb Riley），他生前是美國收入最高的作家。

各位知道我姊姊愛麗絲最常掛在嘴邊的是什麼嗎？她常說：「你的前半生毀在父母手裡，後半生則毀在孩子手上。」

「印第安那詩人」賴利生於一八四九年，死於一九一六年，生前在戲院和演講廳裡為買票入場的聽眾朗誦自己的詩作，是所得最高的美國作家。當時美國一般民眾就是這麼熱愛詩詞，各位想像得到嗎？

---

3 譯註：指巴特勒大學的創辦人巴特勒（Ovid Butler）。這場演說的所在地克勞威斯廳即是巴特勒大學校園裡的藝文表演廳。

4 譯註：《愛麗絲．亞當斯》（*Alice Adams*）曾在一九三五年拍成電影，中譯片名為《寂寞芳心》。

法國大文豪沙特說過一句話，各位想知道是什麼嗎？當然，他說的是法語。他說：「其他人就是地獄。」他拒絕領取諾貝爾獎。我絕不會那麼無禮。我是我家的非裔美籍廚娘帶大的，她的名字叫艾妲・楊，她把我帶得很好。

在經濟大蕭條期間，有人聽到非裔美籍民眾這麼說：「景氣實在太差了，差到連白人都自己帶小孩了。」

帶我的不只艾妲一個人。她是黑奴的曾孫，為人聰明、善良又正直，自信又有教養，能言善道，善解人意，而且長得討人喜歡。艾妲熱愛詩文，以前常讀詩給我聽。

教導我的人，還有學校老師，包括四十三號小學（又稱「賴利小學」）和秀瑞吉高中的老師。想當年，公立學校的優秀教師都是地方上的名人。心懷感激的學生長大之後都會回去探望老師，讓老師們知道自己過得如何。我以前也是一樣那麼深情的。

不過，那是很久很久以前的事了。我最喜愛的老師現在都和大多數的北極熊一樣，到天國去了。

人生中最棒的職業就是老師，前提是你必須瘋狂熱愛自己教的東西，而且課堂上學生人數不要超過十八人。十八人以下的班級就是個家庭，師生間的互動與感受也像家人一樣。

我從四十三號小學畢業的那年正值經濟大蕭條，根本沒有幾家公司倖存，也沒有什麼工作機會。此外，由於當時德國由希特勒掌權，所以那年的畢業生都得在作文裡描寫自己長大後要做什麼事，藉以開創更美好的世界。

我說，我希望能到禮來公司工作，研發治療癌症的化學藥物。

我要感謝幽默作家克拉斯奈（Paul Krasner）讓我了解小布希和希特勒的一大差別：希特勒是選上的。

我剛剛提過我的獨生子馬克・馮內果。還記得嗎？中國女學生和哈佛醫學院？他呢，不只是波士頓區的小兒科醫生，也是畫家、薩克斯風吹奏者及作家。他寫了一本很不錯的書，叫做《伊甸特快車》（*The Eden Express*），內容是說他精神崩潰，被關在精神病房、綁在約束衣裡的經歷。他讀大學的時候曾經是摔角隊員。真是個好樣的瘋子！他在書裡談了自己怎麼從精神崩潰中復元，得以從哈佛醫學院畢業。《伊甸特快車》，馬克・馮內果的著作。

可別用借的。看在老天分上，去買一本吧！

在我看來，不買書而向別人借書，或是把書借給別人的人，都是討厭鬼。幾百萬年前，我還在秀瑞吉高中讀書的時候，所謂的討厭鬼就是齜著假牙、叼著菸捲，把計程車後座上的按鈕咬掉的傢伙。

不過，如果在場有某個容易受人影響的年輕人，剛好悶得發慌，家庭又不健全，以致決定明天要試試當個真正的討厭鬼，那麼我可得趕快補充一下：現在的計程車後座已經沒有按鈕了。時代是會改變的！

前一陣子，我問馬克，人生究竟是怎麼一回事，我實在毫無頭緒。他說：「爸，我們來到這世上就是為了互相幫助，走過這一生，不管是怎樣的一生。」不管是怎樣的一生。

*

「不管是怎樣的一生。」不錯。這句話值得記下來。

我們在世界末日中該有什麼樣的行為舉止？當然，我們更應該善待彼此，但我們也不該再那麼嚴肅。笑話是很有益處的。還有，如果你沒養狗的話，去養一隻吧。

我自己剛養了一條狗，是新式的雜種狗，是法國貴賓和中國西施的混種。

牠叫做貴屎狗。

謝謝各位專心聽我說話，我要閃人了。

號哭聲必然充斥於街道上

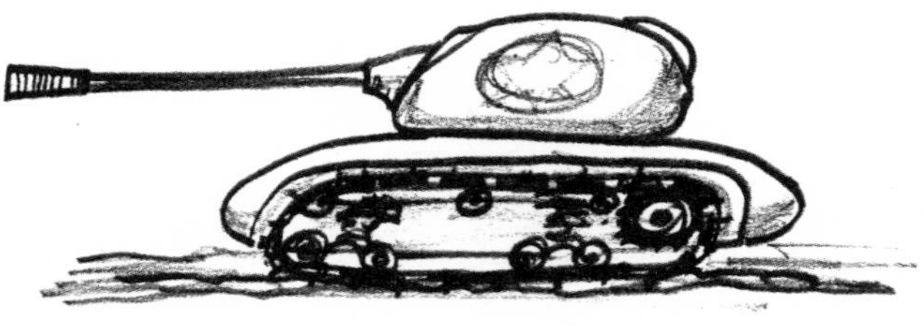

在基礎訓練的第一天，一個結實瘦小的中尉進行例行的訓話：「各位，你們都是乾乾淨淨又有教養的美國男孩，崇尚運動家精神和公平競爭。但我們要改變這一點。我們的工作就是要把你們變成世界史上最卑鄙、最齷齪的戰士。從現在起，請大家忘掉拳擊規則以及其他各種規定，把所有的一切都拋在腦後。面對敵人，能用暗箭就不要用明槍，讓對方痛苦哀號，殺敵不擇手段。殺、殺、殺，懂嗎？」

他的訓話引來緊張不安的笑聲，但大家也覺得他說的沒錯。「希特勒和東條英機不是說美國人是一群軟腳蝦嗎？哈！到時候他們就知道了。」的確，德國與日本後來真的知道厲害了：美國這個民主國家強硬了起來，怒火一發不可收拾。據說，那是一場理性與野蠻的戰爭，但因為論點太過崇高，以致我們熱血沸騰的戰士當中，有一大部分都不明白自己為何而戰。他們只知道敵人是一群混蛋。那是一種新式的戰爭，不顧一切地毀滅和殺戮。德國人如果問：「為什麼你們美國人要攻打我們？」標準答案是：「我不知道，可是我們絕對要把你們打了個落花流水。」

很多人都喜歡講全面開戰，認為這種概念帶有摩登的氣息，正好符合我們令人嘆為觀止的科技發展。對這些人來說，戰爭就像是美式足球賽一樣：「給他死，給他死，給他死……。」我從阿特伯里營區搭便車回家，三個小鎮商人的太太載我一程。她們都是身材渾圓的中年婦女。「你殺了很多德軍嗎？」駕駛為了活絡氣氛而和我閒聊起來。我說，我不知道。她們以為我只是謙虛。我下車的時候，其中一位女士有如慈母般拍了拍我的肩膀：「我敢說你一定很想去殺一些齷齪的日本鬼子，對吧？」我們彼此心照不宣地眨了眨眼。我沒有告訴那些心思單純的女士，我上前線才一個星期就被俘虜了。更重要的是，我沒有告訴她們戰場上的真相，也沒有告訴她們我對殺害德軍以及全面開戰的看法。不論當時還是現在，我之所以對戰爭深惡痛絕，主要是因為一件事，但這件事在美國的報紙上只有簡略的報導。一九四五年二月，德國大城德勒斯登被夷為平地，超過十萬人命喪當場。我當時就在那裡。沒有多少人知道美國變得這麼蠻橫。

我和一百五十名步兵在突出部之役中被俘，然後被送到德勒斯登服勞役。當時，我們得知德勒斯登是德國唯一沒遭到轟炸的大城。那時是一九四五年一月。德勒斯登之所以倖免於難，必須歸功於這座城市的和平樣貌：舉目所見盡是醫院、啤酒廠、食品加工廠、外科器材中心、製陶廠、樂器工廠之類的設施。自從開戰以來，醫院就成為德勒斯登最重要的機構。每天都有數以百計的傷患湧入這座平靜的避難所。每到夜晚，我們會聽見遠方傳來空襲的隆隆聲響。「克姆尼茨今晚中獎了，」我們總是這麼說，一面猜想著身在轟炸機的目標區會是什麼境況。「謝天謝地，我們身在『不設防的城市』裡，」我們當時總是這麼想，城裡數以千計的難民，包括老弱婦孺，也都是這麼想。這些淒涼的倖存者來自各個被戰火摧殘成廢墟的城市：柏林、萊比錫、布雷斯勞、慕尼黑……。德勒斯登的人口因難民湧入，增加了整整一倍。

戰火並未蔓延到德勒斯登。的確，幾乎每天都有戰機飛過上空，空襲警報也跟著響起，但那些戰機總是攻擊其他地方。空襲警報為乏味的勞役帶來短暫的休息，成了我們的社交時間，讓我們得以在防空洞裡閒話家常。實際上，那些防空洞也不過是做做樣子，表示這座城市不自外於國家的非常時期而已。所謂的防空洞只是酒窖或地下室，裡面設有長凳，窗戶通常用沙包擋住。市中心的市政大樓周圍有些比較像樣的地下碉堡，但絕對比不上柏林那些得以抵禦連續轟炸的堅固堡壘。德勒斯登沒有備戰的理由——結果就釀成了慘劇。

說到世界上最美麗的城市，德勒斯登絕對名列前矛：街道寬廣，兩旁種滿樹木，市區裡散布著許許多多的小公園與雕像，還有壯觀的老教堂、圖書館、博物館、戲院、畫廊、啤酒屋、一個動物園，以及一所著名大學。這座城市一度是遊客的天堂。遊客對那裡的美景和樂趣一定比我清楚得多。但在我的印象中，德勒斯登的市容象徵了美好的生活；舒適、簡樸、充滿智慧。德勒斯登是數百年來累積而成的珍寶，深刻體現了歐洲文明傑出的一面。我當時是個戰俘，又餓又髒，對俘虜我們的敵人恨之入骨，但我卻深愛德勒斯登，在其中看到了它過去的美好歷史，以及未來的深厚潛力。

一九四五年二月，美國轟炸機把這座瑰寶化為灰燼，以高爆彈把這座城市炸得滿目瘡痍，並以燃燒彈讓整座城市陷入一片火海。原子彈雖然代表了先進的發展，然而，值得注意的是，由黃色炸藥和鋁熱劑所製成的老式炸彈，在一夜之間吞噬的人命竟然超過整個倫敦大轟炸的總死亡人數。德勒斯登要塞對美國的轟炸機只開了幾十砲。很可能美國飛行員一回到基地，便會啜飲著熱咖啡，說：「今晚高射砲的火力稀疏的哩。好啦，該睡了。」而那些被俘虜的英國戰機飛行員（負責為前線部隊提供掩護）常笑罵轟炸這座城市的美國轟炸機飛行員：「你們怎麼受得了尿水沸騰和嬰兒車燒焦的味道？」

一則毫不起眼的例行新聞是這樣報導的：「昨晚我方空軍襲擊德勒斯登，所有戰機安然返回。」只有已死了的德國人才是好人：超過十萬名邪惡的老弱婦孺（壯年人都在前線）在那一夜為他們危害人類的罪行付出代價。我曾經遇到一名參與那場轟炸行動的投彈手。「我們其實很不願意那麼做，」他說。

轟炸機來襲的那一夜，我們躲進了一家屠宰場的地下肉櫃。我們很幸運，因為那裡是城裡最安全的避難處。在我們頭頂上，感覺像是巨人在地面上行走一般。首先從市郊隱隱傳來巨人的腳步聲，然後愈來愈接近，終於到達我們頭頂上，發出震耳欲聾的巨響——接著再慢慢消失於市郊。這樣的腳步聲不斷來回：正是所謂的地毯式轟炸。

「我又哭又叫，撕抓著防空洞的牆壁，」一名老婦人告訴我：「我向上帝祈禱：『求求你，求求你，求求你，親愛的上帝，拜託你阻止他們吧。』可是祂沒有聽到我的哀求。任何力量都阻擋不了他們。敵機不斷來襲，一波接著一波。我們根本沒有機會投降，沒辦法讓他們知道我們已經承受不住了。所有人都無能為力，只能枯坐著等待天亮。」老婦人的女兒和孫子都死於那次轟炸。

囚禁我們的小監獄也付之一炬。我們便撤退到市郊一座囚禁南非俘虜的集中營。看守我們的衛兵是一群落寞的傢伙，不是年老的國民義勇軍，就是傷殘的老兵。他們大多數都是德勒斯登的居民，也都有朋友或家人喪生於那一夜的大屠殺。一名曾經在俄國前線服役兩年，並且在那裡瞎了一隻眼睛的士官，在我們出發之前得知自己的父母、妻子，還有兩個小孩都死於這場轟炸中。他把身上的一根菸，分我抽了幾口。

我們沿著城市外緣走到新的拘禁處，想必市中心不可能有人生還。一般來說，當時白天的氣溫仍然相當寒冷，但由於市中心已化為一座大火爐，偶爾吹來的熱風竟然會讓人冒汗。此外，白天的天空通常清朗明亮，但整座城市在因燃燒而揚起的煙塵遮蔽之下，正午的天空看起來卻猶如黃昏。神色凝重的倖存者挨擠在通往城外的道路上，所有人都滿臉煙灰，臉頰上掛著淚痕，有些人攙著傷者，有些人背著死者。他們聚集在空地上，沒有人開口說話。少數幾個戴著紅十字臂章的人員忙著協助傷患。

住進南非戰俘的集中營之後，我們過了一週不必勞動的清閒時光。後來，集中營又與上級總部取得聯繫，要求我們步行七哩的路程，前往被轟炸得最嚴重的區域。市區裡的一切事物無一倖免於難。建築坍塌，雕像碎裂，樹木只剩殘枝。車輛散置於路上，被大火燒得都變形了，淪為一堆廢鐵。除了我們的腳步聲之外，只聽得到牆壁倒塌的聲響與回音。我無法充分描寫那幅淒涼荒蕪的景象，但可以大致說明那種景象帶給我們的感受。在一座臨時搭建的戰俘醫院裡，一名神智不清的英國士兵說：「真的很嚇人，我告訴你。我走在那些血跡斑斑的街道上，總是覺得背後有幾千隻眼睛盯著我看，也聽得到他們在我背後竊竊私語。可是我一回頭，卻發現背後連個鬼影也沒有。你感覺得到他們，聽得到他們的聲音，可是那裡根本沒人。」我們都知道他說的沒錯。

我們分成幾個小隊，分頭從事「打撈」工作。我們的任務就是要搜尋屍體。那天的收穫很豐碩，接下來幾天也是一樣。剛開始規模不大，這裡一條腿，那裡一隻手臂，偶爾一具嬰兒屍體。不過，我們在中午以前就發現了大寶藏。我們鑿破地下室的一道牆壁，發現裡面堆疊了一百多具屍體想必。在建築倒塌而導致出口被封閉之前，火焰一定先竄入室內，因為屍體的皮膚看起來都像梅乾一樣皺巴巴的。衛兵命令我們進入廢墟，運出屍體殘骸。在拳腳相向和咒罵聲的催促下，我們奮力跋涉，終於進入那座廢墟。說是跋涉一點也不誇張，因為地上猶如一片可怕的沼澤，混雜了水管破裂所流出的水，還有屍身裡迸出的內臟。有些罹難者顯然不是當場死亡，他們曾試著從狹窄的緊急出口逃命。總之，通道裡塞了不少屍體。為首的那人爬到了樓梯的一半，卻被倒下的磚塊和灰泥活埋。我猜他差不多才十五歲吧。

我實在不願意破壞我們空軍健兒的名聲，可是，弟兄們，你們確實殺害了不計其數的婦孺。我剛剛描述的那個地下室，還有其他許許多多類似的防空洞，裡頭滿是婦女和孩童的屍體。我們必須把他們的屍體挖出來，搬到公園裡堆疊起來，再放火燒掉，這是我親眼目睹的事實。後來發現死亡人數實在太多，於是不再採取這種集中火化的方式。由於人力不足，最後他們只好派人帶著火焰槍到防空洞裡，就地把死者火化。不論男女老幼，或者活活燒死，或者窒息而死，或者被倒塌的建築物壓死，沒有人死裡逃生。我們參戰的理念雖然崇高，但我們造成的慘況，顯然不遜於貝爾森集中營。儘管我們並不是不近人情的轟炸，結果卻同樣殘酷無情。我不得不說，這就是令人作嘔的真相。

我們逐漸習慣暗無天日、臭氣熏天的大屠殺景象之後，便開始猜測每一位死者生前是什麼樣的人。那是一場骯髒齷齪的遊戲：「有錢人，窮人，乞丐，小偷……。」有些死者身上帶著鼓鼓的錢包和一大堆首飾，有些則帶著珍貴的食物。一個男孩死去時還緊緊牽著自己的寵物狗。向德軍投降的烏克蘭人身穿德軍制服，在防空洞裡監督我們工作。他們在鄰近的酒窖裡喝得酩酊大醉，顯然對自己的任務樂在其中。他們大發死人財，在我們把屍體搬到街上之前，早就把屍體上的所有貴重物品搜刮一空。死亡成了見怪不怪的景象，我們甚至對自己搬運的死屍開起了玩笑，還像丟垃圾一樣隨手扔掉。但一開始不是這樣的，尤其不會這樣對待那些孩童的屍體：剛開始，我們都是小心翼翼地把死者抬到擔架上。把屍體運到火化堆前，也會先擺放好，顧全死者的尊嚴。不過，如同剛剛說的，原本的敬意與哀傷，後來卻成了麻木不仁。每天這種恐怖的勞動結束之後，我們都會抽著菸，看著那堆積如山的屍體。我們其中一人把菸屁股彈進死屍堆裡。「去他的，」他說：「死神什麼時候要來找我都沒關係，我已經準備好了。」

大轟炸過後幾天，空襲警報再次響起。這一次，從戰機上撒下來的是傳單，飄散在疲憊沮喪的倖存者身上。我拿到的那張「曠世鉅作」已經丟了，但我記得內容差不多是這樣寫的：「謹致德勒斯登的居民：我們不得不轟炸貴市，原因是貴市的鐵路系統載運了大量的士兵和物資。我們了解我們炸毀的，不一定都是想攻擊的目標。除了軍事目標以外，其他的毀損皆是無心之過，是戰時無可避免的意外傷害。」這份宣言對那場大屠殺提出的解釋，相信大家都非常滿意。但這麼一來，卻不禁讓人輕蔑美軍的投彈瞄準器。隨著最後一架B-17轟炸機完成任務，飛回基地之後，才不過短短四十八小時，德軍工兵營就湧入損壞的調車場，恢復了火車的正常運輸。易北河上的鐵道橋梁沒有一座遭到摧毀。投彈瞄準器製造商如果知道軍方使用他們生產的精密儀器，結果炸彈命中的地點竟然距離目標三哩遠，應該要感到羞愧吧。傳單內容實在應該這麼寫：「我們命中了每一座神聖的教堂、醫院、學校、博物館、戲院，以及貴市的大學和動物園，還有城裡的每一幢公寓，可是我們真的不是故意的。戰爭就是這樣啊。真抱歉。況且，地毯式轟炸正流行，你們也是知道的嘛。」

那場轟炸具有戰術上的重要意義：阻止鐵路的運輸。這無疑是一項出色的策略，但執行的技巧卻令人不敢恭維。轟炸機在市區就開始投擲高爆彈和燃燒彈，而且就他們擊中的對象來看，他們顯然是用碟仙做任務簡報。算算這場轟炸的損失和收穫：超過十萬平民因此喪生，一座宏偉壯觀的城市也被徹底毀壞，但原訂的攻擊目標——鐵路，卻只中斷了差不多兩天。德國人認為那是史上死傷人數最慘重的單一攻擊行動。德勒斯登的毀滅是一場令人憤怒的悲劇，不但毫無必要，還執意如此。殺害兒童的行為絕對沒有正當理由，不論是面對「德國佬」還是「日本鬼子」的兒童，或是我們未來可能的敵人，這樣做都是站不住腳的。

像我這樣的悲鳴，通常只會得到一個簡單的答案，同時也是最令人厭惡的陳腔濫調：「戰爭的不幸。」或者：「他們自找的，只有武力才能降服他們。」**誰**自找的？只有武力才能降服**誰**？相信我，你如果曾經用大籃子盛裝嬰兒屍體、幫一個人挖掘他太太可能遭到活埋的地方，你就不會認為「寧可錯殺，不可放過」是理所當然的作戰方針了。我們當然應該弭平敵人的軍事設備與工業設施。如果有人傻得躲在那些設施附近，也只能算是他們活該倒楣。然而，「美國硬起來」的政策、充滿報復的心態，還有在毀城與殺戮上肆無忌憚的做法，都為我們帶來了殘暴、可憎的名聲，也導致全世界必須付出重大代價——德國無法在短期內成為愛好和平而且充滿知識成就的國家。

我們的領導者獲得了全權委任，有權自行決定要摧毀哪些東西。他們的任務就是盡快贏得戰爭，愈快愈好。然而，他們執行這項任務的能力雖然非常傑出，但就該如何對待世界遺產中的若干無價之寶（例如德勒斯登）而言，如此的判斷卻未必審慎。大戰末期，德軍在各前線紛紛被擊潰，我們卻派遣戰機去摧毀這最後一座大城。我懷疑他們在決策過程中有沒有想過這個問題：「這場慘劇對我們有什麼助益？這項立即的效益和因此造成的長期負面影響，孰輕孰重？」德勒斯登，一座以藝術精神建造而成的美麗城市，象徵了令人讚賞的傳承，與納粹的理念完全相反。希特勒在掌權期間只到過這裡兩次。這是一座正符合當下迫切需求的糧食與醫療中心，卻遭到斬草除根式的徹底摧毀。

盟軍是正義的一方，德國與日本則是心懷不軌的一方，這點毋庸置疑。美國第二次世界大戰的開戰動機是近乎神聖的理念，但我還是深信我們為求正義不惜轟炸平民的做法，是種褻瀆的行為。雖然是敵人先採取這樣的行動，但我們並不能因此而稍減道德瑕疵。在歐戰接近尾聲之際，我看到我方的空戰行動充滿了為戰而戰的非理性特質。美國民主社會的溫和人民學會了對敵人毫不留情，以陰狠手段讓對方痛苦哀號，在所不惜。

占領德國的俄軍一發現我們是美國人，隨即熱烈接待我們，並且為我方的轟炸機在德國造成慘況，連聲恭賀我們大獲全勝。我們以適切的風度與謙遜接受了他們的道賀，但我當時的感受和現在一樣：我寧可犧牲自己的性命去為全世界的世世代代保住德勒斯登。所有人對地球上的每一座城市，都應該有同樣的感受。

我們應該要有未來部長。

世界大同

我十六歲的時候，別人都以為我二十五歲了。一個來自城裡的成年女性還信誓旦旦地說我一定有三十歲。我全身上下都大了一號，鬍子也像鋼絲一樣。我一心想見識印第安那州拉文（La Verne）以外的地方，但印第安那波里斯也絕對不足以滿足我。

於是，我謊報年齡，加入了世界軍隊。

沒有人為我從軍落淚。沒有旗幟飄揚，也沒有樂隊送行。古時候，像我這樣的年輕人一旦從軍，可能不免為了民主賠上一條性命。不過，我從軍的時候已經不是那麼一回事了。只有老媽一個人陪我到營區，而且她還一肚子火。老媽認為只有游手好閒的懶惰鬼，才會因為找不到像樣的工作而加入世界軍隊。

感覺那就像昨天才發生的一樣，不過那已經是二〇三七年的事情了。

「離那些祖魯人遠一點，」老媽說。

「世界軍隊裡不是只有祖魯人啦，媽，」我說：「軍隊裡什麼國家的人都有。」

可是在老媽眼中，只要不是在佛洛依德郡出生的人都是祖魯人。「不管怎樣，」她說：「我希望他們不會讓你餓肚子，畢竟都繳這麼高額的稅金了。不過，既然你一定要和那些祖魯人混在一起，我想我該慶幸世界上沒有其他軍隊，所以不會有人朝著你開槍。」

「我會負責維護和平，媽，」我說：「以後再也不會有可怕的戰爭了，就只有這麼一支軍隊。你不覺得驕傲嗎？」

「我對一般人為了和平所做的努力感到驕傲，」老媽說：「但我還是不喜歡軍隊。」

「這是一種新式軍隊，水準很高的，媽，」我說：「阿兵哥還不准罵髒話呢。如果不按時上教堂，就沒點心吃。」

老媽搖了搖頭。「你只要記得一件事，」她說：「你**本來**就很有水準。」她沒有吻我，只握了握我的手。「只要是**我**的兒子，水準就很高。」

不過，我在基礎訓練結束後，把第一套制服的肩章寄給了老媽，結果聽說她到處秀給別人看，好像那是上帝寄來的明信片一樣。實際上不過就是一片藍色毛氈，上面繡著一個金色時鐘的圖案，時鐘裡射出一道綠色的閃電。

我聽說老媽到處吹牛，說**她的**兒子屬於時間幕連隊，一副好像她知道時間幕連隊是什麼的樣子，也好像是大家都知道那是世界軍隊裡最了不起的單位一樣。

總之，我們是有史以來第一個時間幕連隊，也是最後一個，除非他們能夠修好時光機的問題，那就另當別論。我們的任務很機密，機密到連我們自己都不知道內容是什麼。等到**我們**發現真相，也來不及落跑了。

波利茨基上尉是我們連長，但他什麼都不告訴我們，只說我們應該感到自豪，因為全世界只有兩百個人有資格佩戴這時鐘圖案的肩章。

他以前是聖母大學美式足球隊員，健壯結實，看起來就像是草地上的一堆砲彈一樣。他對著我們訓話的時候，雙手總喜歡在身上亂摸。他喜歡摸自己身上那些像砲彈一樣的肌肉有多硬。

他說，他覺得很榮幸，能夠帶領一群優秀的士兵執行這麼重要的任務。他說，等我們到法國一個叫做蒂埃里城堡的地方參加演習，就會知道任務究竟是什麼了。

有時候，將軍也會來看我們，一副好像我們將要做出什麼淒美的事情的樣子，可是完全沒有人提到時光機。

我們到達蒂埃里城堡時，發現所有人都在等我們。那時候，我們才知道自己要執行某種非常特別的任務。大家都想看看肩上佩戴著時鐘圖案的殺手，大家都想看我們即將演出的大秀。

若說我們剛到那裡的時候，即顯得毫無頭緒，那麼之後我們更是愈來愈茫然。我們對時間幕連隊的任務到底是什麼，**仍然**一無所悉。

問了也沒用。

「波利茨基上尉，長官，」我說話的語氣盡可能畢恭畢敬。「我聽說我們明天凌晨要示範一種新的攻擊型式。」

「沒錯！」他對我說：「露出興奮自豪的笑容吧，阿兵哥！」

「報告長官，」我說：「我們這排推選我來請教您，現在是不是可以讓我們知道任務內容了。我們想先做好準備，長官。」

「阿兵哥，」波利茨基說：「你們排上每個人是不是都充滿了高昂的士氣和團隊精神？是不是都領取了三顆手榴彈、一把步槍、一把刺刀，還有一百發子彈？」

「是的，長官，」我說。

「那你們這排**已經**準備好了。為了讓你們知道我對你們這排多麼有信心，我要你們在攻擊行動中帶頭。」他挑了挑眉毛。「怎麼樣？你是不是要說：『謝謝長官』？」

我說了。

「而且，為了表示我對**你**多麼有信心，」他說：「我還要把**你**安排在第一排第一班的第一人。」他又揚起了眉毛。「你是不是要說：『謝謝長官』？」

我又說了一次。

「你只要祈禱那些科學家和你們準備得一樣充分就好了，阿兵哥，」波利茨基說。

「長官，這項任務還牽涉到科學家嗎？」

「談話結束，阿兵哥，」波利茨基說：「立正！」

我挺胸正立。

「敬禮！」波利茨基說。

我舉手行禮。

「向前走！」他說。

我踏步離開。

在大演習的前一晚，我在法國的一座隧道裡站衛兵，我根本不知道隔天要做什麼，又害怕又想家。和我一起值勤的是個叫埃爾‧史特陵的小伙子，他是鹽湖城人。

「科學家要幫我們嗎？啊？」埃爾說。

「他是這麼說的，」我說。

「我寧可不要知道這麼多，」埃爾說。

地面上傳來一陣爆炸聲，震得我們差點聾了。上頭正在砲擊，感覺上像是巨人在我們頭頂上走來走去，把世界踢成碎片。當然，開火的是我們的軍隊，只是假裝成敵軍，假裝他們痛恨我們而已。大家都在隧道裡，所以不會有人受傷。

可是沒有人喜歡那樣的噪音，只有波利茨基上尉樂在其中，我只能說他的腦袋實在有問題。

「一天到晚模擬這個，模擬那個，」埃爾說：「那可不是模擬砲彈，我現在嚇得要死，這種感覺可不是模擬出來的。」

「波利茨基說那是美妙的音樂，」我說。

「他們說以前真的就是這樣，他們在重現當時的場面，」埃爾說：「我實在想不通怎麼有人有辦法活下來。」

「躲在洞裡就沒有危險了，」我說。

「可是，以前除了將軍以外，根本沒什麼人可以躲在這麼安全的地道，」埃爾說：「阿兵哥只能躲在淺淺的洞裡，上面沒有屋頂，只要一聲令下，他們就得從洞裡跑出來，而且上頭隨時都會下那樣的命令。」

「我想他們會盡量伏低身子吧，」我說。

「身體可以伏得多低？」埃爾質問我：「有些地方的草剪得很短，就像是有人用除草機割過一樣，而且一棵樹也沒有，到處都是大洞。在那些真正的戰爭裡，那些人怎麼不會發瘋？幹麼不直接逃走算了？」

「人是很奇怪的，」我說。

「有時候我不這麼認為，」埃爾說。

又有一顆大砲彈炸開，緊接著是兩顆小的。

「你看過俄國連的收藏嗎？」埃爾問。

「聽說過，」我說。

「他們收藏了將近一百個頭骨，」埃爾說：「擺在架子上，像哈蜜瓜一樣。」

「神經病，」我說。

「是啊，收集那麼多頭骨，」埃爾說：「可是他們實在**沒辦法**不收藏那些頭骨。我是說，他們不管在什麼地方挖掘，一定都會挖到頭骨。他們那裡一定發生過什麼大事。」

「這裡到處都嘛發生過大事，」我對他說：「這裡是世界大戰的著名戰場。美國就是在這裡痛宰了德國。波利茨基是這麼告訴我的。」

「他們有兩顆頭骨，裡面還有砲彈的碎片呢，」埃爾說：「你看過嗎？」

「沒，」我說。

「只要搖一搖，就聽得到碎片在裡面跳動的聲音，」埃爾說：「還可以看到頭骨被砲彈碎片砸破的傷口。」

「你知道他們該怎麼處理那些可憐的頭骨嗎？」我問他：「他們應該找來各種宗教的教士，為那些可憐的頭骨好好舉行喪禮，然後埋在**再也不會**被人打擾的地方。」

「那些頭骨又不是活人，」埃爾說。

「他們又不是**從來不曾**活過，」我說：「他們犧牲了自己的性命，我們的父親和祖父，還有曾祖父，才有機會活下來。**我們**至少該好好對待他們的骨骸。」

「是啊，可是他們有些人當初不是想**殺掉**我們的曾曾祖父嗎？」埃爾說。

「德國人**以為**他們自己是在改善世界，」我說：「所有人都**認為**自己是在改善世界。他們的立意是好的，這才是重點。」

隧道頂端的帆布幕被掀開一角，波利茨基上尉從上方爬了下來。他的動作很悠閒，好像外頭只不過是下了場毛毛雨而已。

「出去外面不是有點危險嗎？長官。」我問他。他根本沒有必要到外面去。地底下的隧道四通八達，而且砲擊期間所有人都不該到地面上。

「我們自己選擇的這個職業，不是本來就有點危險嗎？阿兵哥。」他反問我。他把手伸到我眼前，手背上有一道長長的傷口。「彈殼！」他說。他咧嘴一笑，把傷口湊到嘴上吸了起來。

他吸夠了血，才上下打量著我和埃爾。「阿兵哥，」他對我說：「你的刺刀呢？」

我摸了摸腰帶，發現自己忘了帶刺刀。

「阿兵哥，敵人要是突然闖進來，你怎麼辦？」波利茨基手舞足蹈，像是在五月天裡採集堅果一樣。「『不好意思，各位——你們在這裡稍待一會兒，我去拿刺刀。』你打算這麼說嗎？阿兵哥。」他問我。

我搖搖頭。

「戰況緊急的時候，刺刀就是軍人最好的朋友，」波利茨基說：「那就是職業軍人最快樂的時候，因為那正是他最接近敵人的時候，對不對？」

「是，長官，」我說。

「你收集頭骨嗎？阿兵哥。」波利茨基問我。

「報告長官，沒有，」我說。

「收集頭骨對你有好處的，」波利茨基說。

「是，長官，」我說。

「他們會死，只有一個原因，」波利茨基說：「因為他們不是優秀的軍人！他們不夠專業！他們犯了錯！他們沒有好好學到教訓！」

「是，長官，」我說。

「你可能覺得演習很辛苦，阿兵哥，可是這樣的演習根本不算什麼，」波利茨基說：「要是讓我作主，所有人就得到外面接受轟炸。訓練出專業軍隊的唯一方法，就是要流點血。」

「報告長官，為什麼說要流點血？」我問。

「死一些人，這樣其他人才會學到東西！」波利茨基說：「媽的，這算哪門子軍隊！一大堆安全規定，一大堆醫生，我已經六年連個肉刺都沒看過了。按照這種方式，絕對別想成為職業軍人。」

「是，長官，」我說。

「職業軍人什麼都見過，看到什麼都不會覺得意外，」波利茨基說。「阿兵哥，明天你就能夠見識到什麼叫做真正的當兵，見識到過去百年來沒有人看過的景象。毒氣！滾動彈幕！激烈交火！刺刀廝殺！徒手打鬥！你不覺得高興嗎？阿兵哥。」

「**什麼？**長官。」我問。

「你不覺得**高興**嗎？」波利茨基說。

我看了埃爾一眼，然後把目光移回上尉臉上。「是，長官，」我說。我緩慢而沉重地搖頭。「是，長官。沒錯，我很高興。」

在世界軍隊裡，看著種種新奇武器，你**唯一能做的**，就是相信軍官告訴你的話，就算他們的話聽起來完全不合理。至於軍官嘛，**他們**則是只能相信科學家告訴他們的話。科技發展已經遠遠超越一般人能夠理解的程度了，也許從以前就一直是這樣。有個牧師一再對我們這些阿兵哥大聲疾呼，對神要有不問為什麼的巨大信心。我覺得他根本就是多此一舉。

波利茨基總算告訴我們，這次的任務是要利用時光機進行攻擊。像我這樣普普通通的阿兵哥，聽到後腦筋一片空白。我坐著，一動也不動，看著步槍上的刺刀座。我彎身向前，鋼盔前端靠在槍口上，我盯著眼前的刺刀座，彷彿看著世界奇觀。

我們時間幕連隊的全部兩百名弟兄都聚集在一個大防空洞裡，聽著波利茨基訓話。沒有人看著他。他對即將發生的事興奮極了，雙手不斷在身上摸來摸去，似乎確認著自己不是在做夢。

「弟兄們，」頭殼壞去的上尉說：「洞五洞洞，砲兵會引燃兩排信號彈，相距兩百碼。那些信號彈標示的是時光機光束的邊緣。我們就在兩排信號彈之間的區域發動攻擊。」

「弟兄們，」他說：「那兩排信號彈之間的時間不但是今天，同時也是一九一八年七月十八日。」

我在刺刀座上親了一口。我喜歡少許油和鐵的味道，但我可不是要鼓勵別人也愛上這種味道。

「各位，」波利茨基說：「你們等一下在外面看到的東西，絕對會讓死老百姓嚇得屁滾尿流。你們待會兒會看到古代的美軍在蒂埃里城堡反攻德軍的實況。」老天，他真的樂壞了。「各位，那可是地獄裡的屠宰場吶。」

我不斷把頭抬起來又低下去，鋼盔像打氣筒一樣上下振動，打出氣流，吹下額頭。在這種時候，一些小玩意總是讓人覺得挺不賴的。

「弟兄們，」波利茨基說：「我實在不喜歡叫阿兵哥不用怕。跟阿兵哥說沒什麼好怕的，對他們根本是一種侮辱。不過，科學家告訴我說，一九一八年對我們不會有影響，我們也沒辦法影響一九一八年的時空。我們對他們來說，就像鬼魂一樣，他們對我們來說，也像鬼魂一樣。我們可以穿越他們，他們也可以穿越我們，就像我們是一團煙霧一樣。」

我對著步槍的槍口吹氣，可是槍口沒有發出哨音。幸好沒有，否則一定會打斷波利茨基的訓話。

「弟兄們，」他說：「我真希望各位**能夠**回到一九一八年去試試自己的能耐，在最猛烈的戰火中存活下來。能在戰場上活下來的，才是最優秀的軍人。」

沒有人反駁他的話。

「各位，」偉大的軍方科學家說：「我想你們應該想像得到，我們的敵人一旦看到戰場上滿是一九一八年的鬼魂，一定不免頭昏眼花，根本不曉得該**朝哪裡**開槍。」波利茨基聽得哈哈大笑，笑了好一會兒才鎮定下來。「弟兄們，」他說：「我們就從那些鬼魂當中爬過去。到了敵人面前，再殺他個片甲不留，讓他們後悔自己為什麼要生到這世上來。」

他口中的敵人，不過就是一排竹竿，上面綁著破布，距離我們大概有半哩遠。你絕對想像不到有人會像波利茨基一樣，這麼痛恨竹竿和破布。

「弟兄們，」波利茨基說：「如果有人想開小差，這就是你們的最佳機會啦。只要你們越過閃光彈，踏出光束之外，就會真的落入一九一八年，真真正正回到那個時代。你放心，絕對不會有憲兵去追你，因為任何人只要跨出去，就再也回不來了。」

我用步槍準星清了清門牙縫。我自己推想出來，職業軍人如果能咬到敵人，就是他最快樂的時候。可是我知道自己永遠達不到那麼優秀的地步。

「弟兄們，」波利茨基說：「時間幕連隊的任務和有史以來各種連隊的任務沒什麼不同。我們時間幕連隊的任務就是要痛宰敵人！有沒有問題？」

我們都聽過長官誦讀戰時條款，都知道與其提出合理的問題，還不如拿斧頭劈死自己的老媽。所以，大家都表示沒有問題，永遠不會有人有疑問。

「子彈上膛！」波利茨基說。

我們照做了。

「上刺刀！」波利茨基說。

我們照做了。

「出發吧，女孩們！」波利茨基說。

嘿，這傢伙早就摸透了人的心思。我想這就是軍官和阿兵哥最大的差別。故意把我們叫成女孩，就是為了激怒我們，讓我們氣得六親不認。

我們的任務就是要徹底摧毀竹竿和破布，讓後世的人再也看不到釣魚竿和棉被。

身在時光機的光束裡，就像是罹患了感冒、戴上度數不對的眼鏡，而且就像坐在一把吉他裡面。除非再好好改良，否則這種機器絕對算不上安全，也不可能普及。

一開始，我們根本沒看到什麼一九一八年的人。我們看見到處都是坑洞和鐵絲網，但這個地方早就沒有坑洞和鐵絲網了。我們可以直接走過坑洞上方，就像那上面鋪了一層透明玻璃一樣。我們也能夠直接穿越鐵絲網，完全不會鉤到褲子。那些東西不存在於我們這個時代，而是存在於一九一八年。

周圍有成千上萬的軍人在旁觀看，來自世界上各個國家。

我們演出的大秀實在慘不忍睹。

在時光機的光束裡，我們暈頭轉向，噁心反胃，眼前一片模糊。我們原本應該要高聲吶喊，表現出專業的模樣。可是一走到閃光彈之間的光束當中，所有人卻連大氣都不敢喘一口，只怕一張嘴，就會忍不住吐了起來。我們應該要全力推進，卻完全搞不清楚哪些東西是現代的，哪些又是一九一八年的，所以大家一再繞過根本不存在的東西，卻又一再被實際存在的東西絆倒。

我如果在觀眾席上旁觀的話，一定會說這是一場鬧劇。

我是時間幕連隊第一排第一班的第一人。我的前面只有一個人，就是我們那位了不起的上尉。

他只對他這支勇敢無懼的部隊喊了一句話，我想他丟出那句話只是為了激起我們的怒火。「再見，童子軍們！」他喊道：「別忘了寫信給你們的媽媽，流鼻涕要記得擦乾淨喔！」

然後，他就伏下身子，在那空無一人的地面上奮力向前跑。

我為了保住軍人的尊嚴，盡力緊跟在他身後。我們不斷跌倒又爬起來，像喝醉的酒鬼一樣，在那戰場上把自己摔得傷痕累累。

他完全沒有回頭看我和其他人是不是跟得上。我猜他是不想讓人看到他臉色發青的模樣。我一直想告訴他，所有人都被我們遠遠拋在後頭，可是我已經跑得上氣不接下氣了。後來，他衝向一邊的閃光彈，我猜他是想躲到煙霧裡，讓別人看不到他，這樣他就可以私下大吐特吐。

我才跟著他跌入煙霧裡，一陣一九一八年的砲彈隨即在我們身邊炸開來。

那古早以前的悲慘世界，震盪爆裂之聲不絕於耳，火焰沖天而起。一九一八年的沙土和鋼鐵碎片從四面八方穿越了波利茨基和我的身體。

「起來！」波利茨基對我大吼。「那是一九一八年的東西！碰不到你一根汗毛！」

「要是碰得到我的話，我就沒命了！」我吼了回去。

他一副打算痛扁我一頓的模樣。「站起來，阿兵哥！」他說。

我從地上爬起來。

「回去那群童子軍身邊，」他說。他從煙霧中的一個縫隙，指向我們剛剛的來路。我看到連上的其他人正在向觀眾示範職業軍人怎麼樣趴在地上發抖。「那才是屬於**你**的地方，」波利茨基說：「這裡是我的獨角戲。」

「你說什麼？」我一邊問，一邊轉頭看著一顆一九一八年的石塊飛過我們**兩人**的頭上。

「看著我！」他吼道。

我把目光轉向他。

「這裡就是男人和男孩分道揚鑣的地方了，阿兵哥，」他說。

「是的，長官，」我說：「沒幾個人能跑得像你這麼快。」

「我說的不是跑步，」他說：「我說的是打仗！」那真是一場瘋狂的對話。一九一八年的曳光彈一再飛過我們的身體。

我以為他是指攻擊竹竿和破布。「大家都不是很樂觀，長官，可是我認為我們應該可以打贏，」我說。

「我是說，我要跨過這些閃光彈，到一九一八年去了！」他吼道：「只有我有種這麼做。你滾吧！」

我看得出來他不是在開玩笑。他真的認為在戰場上揮舞旗幟或者被子彈打到是崇高的行為，就算在一場一百多年前就結束了的戰爭裡也是一樣。他想要痛宰敵人，儘管和平條約上的簽名字跡早已褪色而模糊不清了。

「連長，」我對他說：「我只不過是個小兵，小兵是不該指點軍官的。可是，長官，我實在不認為那是個好主意。」

「我天生就該**打仗**！」他吼道：「我全身都快生鏽了！」

「連長，」我說：「該打的仗都已經打贏了。我們得到了和平與自由，全人類都像兄弟一樣相親相愛，大家都有漂亮的房子可以住，每個星期天也都有雞肉可以吃。」

他沒聽見我的話。他走向那排閃光彈，走向時光機光束的邊緣，面前瀰漫著閃光彈的濃煙。

他在即將踏入一九一八年之前停下了腳步。他低頭往下望，我猜他可能在那片無人之地發現了一個鳥巢或是一朵雛菊。

可是他看到的不是鳥巢，也不是雛菊。我走到他身邊，看到他腳下是個一九一八年的彈坑，使得他看起來彷彿漂浮在半空中。

彈坑裡有兩個死人，兩個活人，還有一大堆泥土。我知道那兩個人是死人，因為一個沒有頭，另一個的身體炸成了兩半。

只要是有人性的人，在一片濃煙中看到那樣的景象，一定會覺得世界上的一切都不再真實。不再有世界軍隊，不再有永久和平，不再有印第安那州拉文，不再有時光機。

只剩下波利茨基和我，以及那個彈坑。

我哪天要是生了小孩，我一定會對他說：「孩子，絕對不要把時空搞得錯亂。現在就是現在，過去的就讓它過去。還有，你要是迷失在濃煙裡，就站著不要動，靜靜等待煙霧散去。站在原地，等到你看清楚自己身在何方，看清楚來時路和該往何處去，再開始行動。」

我會搖晃著他的身體。「孩子，聽清楚了嗎？」我會說：「聽爸爸的準沒錯。」

我想，我這輩子大概不會有孩子。可是我想感覺自己的小孩，聞聞他的味道，聽聽他的聲音。要是沒這個機會，那也實在太該死了。

你可以看到一九一八年的那四個倒楣鬼在彈坑裡爬來爬去的痕跡，就像魚缸裡的蝸牛一樣。每個人身後都拖出了一道淺溝，不但活人如此，那兩個死人也是一樣。

一顆砲彈掉進彈坑裡，炸了開來。

泥土又掉回地上的時候，彈坑裡只剩一個人還活著。

他本來趴著，現在仰躺在地上。他攤開雙臂，彷彿刻意把自己的要害暴露出來。既然一九一八年這場戰爭這麼想奪走他的性命，倒不如死得痛快一點。

然後，**他看見了我們**。

看到我們漂浮在半空中，他一點也不意外。再也沒有什麼會讓他覺得意外了。他笨手笨腳地慢慢從泥土裡挖出他的步槍，對準了我們。他臉上掛著微笑，好像他知道我們是什麼人，好像他知道他根本傷害不了我們，好像這一切只是一個大玩笑。

他那把槍完全不可能射得出子彈，槍管裡都塞滿了泥土。槍膛炸開了。

他也沒有對此感到意外，甚至沒有露出疼痛的表情。他躺在地上，死了，但臉上還是掛著那種微笑，那種嘲諷著一切的微笑。

一九一八年的砲擊停止了。

「你在哭什麼，阿兵哥？」波利茨基說。

「我不知道我哭了，連長，」我說。我只覺得皮膚緊繃，眼裡滾燙，可是我不知道自己在哭。

「你剛剛哭了，現在也還在哭，」他說。

然後，我**真的**哭了起來。我明白自己才十六歲，不過是個外表長大了的嬰兒。我坐了下來，暗暗發誓再也不要站起來，就算上尉踢掉了我的頭也一樣。

「他們來了！」波利茨基像瘋子一樣大吼大叫。「你看，阿兵哥，你看！美軍！」他朝著天空不斷開槍，像是國慶日放煙火一樣。「看！」

我轉過頭去。

看起來像是一百萬人湧入了時光機的光束裡。他們從空無一物當中冒了出來，橫越光束之後，又消失不見。他們雙眼無神，一步一步前進，像是傀儡娃娃一樣。

突然間，波利茨基上尉把我拉了起來，就像我根本沒有重量。「來吧，阿兵哥，我們要跟他們一起走！」他吆喝著。

那個瘋子一把將我拉過了那排閃光彈。

我又哭又叫，還在他手上咬了一口，可是已經太遲了。

閃光彈消失無蹤。

我們周遭全部化成了一九一八年的景象。

我永遠困在一九一八年了。

這時候，又展開了一陣砲擊。砲彈是鋼製高爆彈，我只是血肉之軀，而且身在過去的時空裡，於是鋼鐵和肉體混成了一團。

我醒了過來。

「現在是哪一年？」我問他們。

「一九一八年，阿兵哥，」他們說。

「我在哪裡？」我問他們。

他們說我在一座臨時改裝成醫院的大教堂裡。真希望我能看得見。從周遭的回音，我聽得出這座教堂一定高聳又壯觀。

我不是英雄。

在這裡，身邊的人都是英雄，我根本沒什麼紀錄可以吹噓。我從沒開過槍或拿刺刀殺過人，從沒丟過手榴彈，甚至從來沒見過德軍，除非把彈坑裡面的那幾個算在內。

他們應該為英雄設立特殊的醫院，這樣英雄就不必躺在我這種狗熊身邊。

只要有新的人走到床邊聽我說話，我總是劈頭就告訴他們，我大概只在戰場上待了十秒鐘就受傷了。「我從來沒有為世界的民主做出貢獻，」我對他們說：「我受傷的時候，只是像嬰兒般嚎啕大哭，一心只想殺了我的連長。如果他沒被子彈打死，我**就會**殺了他，而他卻是我的美國同胞。」

我真的會殺了他。

我也告訴他們，只要有機會，我一定會逃回二〇三七年。

我已經犯了兩條軍法。

可是這裡的英雄都不在乎。「沒關係啦，兄弟，」他們說：「你繼續說吧。如果有人敢把你送軍法，我們一定會說，我們看到你赤手空拳殺了德軍，耳朵裡還冒出火來。」

他們喜歡聽我說話。

於是，我躺在這裡，因為眼睛瞎了，像蝙蝠一樣什麼都看不到。我告訴他們，我怎麼會來到這裡，跟他們說我在腦子裡仍可清楚看到的景象——世界軍隊，全人類像兄弟一樣相親相愛，世界永久和平，沒有人挨餓，沒有人活在恐懼中。

我的暱稱就是這麼來的。醫院裡幾乎沒人知道我的真名。不曉得是誰想出來的，可是大家都叫我「世界大同」。

DARWIN
GAVE THE
CACHET
OF SCIENCE
TO WAR
AND
GENOCIDE.

達爾文為戰爭與種族滅絕蓋上了科學的許可章。

軍備先於民生

一

「你要把烤雞切片，放在平底鍋裡，用牛油和橄欖油煎到焦黃，」二兵多尼尼說。「平底鍋要燒熱一點，」他想了一會兒之後又補上一句。

「等一下，」二兵科曼說，在一本小筆記簿裡匆忙地抄寫著。「多大隻的雞？」

「大約四磅重。」

「這樣是幾人份？」二兵尼塔胥厲聲問道。

「四人份，」多尼尼說。

「別忘了，裡面有很多可是骨頭呢，」尼塔胥說，語氣中帶著質疑。

多尼尼是個美食家。他每次教尼塔胥做菜，就不禁想起「對牛彈琴」這句話。尼塔胥不在乎口味好不好，也不管聞起來香不香。他只在乎純粹的養分，只關心熱量夠不夠。尼塔胥在筆記簿裡抄下食譜，總是覺得分量太少，所以都自行加倍。

「你要全部自己吃，我也不反對，」多尼尼淡淡說道。

「好了，好了，接下來呢？」科曼說，鉛筆懸在紙頁上。

「兩面都煎個五分鐘，加點切碎的芹菜、洋蔥、胡蘿蔔，按照自己的口味調味。」多尼尼嘟起嘴唇，彷彿品嚐著味道。「一面用小火慢煎，然後加一點雪莉酒和番茄糊。蓋上鍋蓋，燉上三十分鐘，然後——」他停頓了一下。科曼與尼塔胥也停下了筆，身體靠在牆上，閉著眼睛，聆聽著。

「很好，」尼塔胥彷彿身在夢中，喃喃說道：「可是你知道我回美國後要吃的第一道菜是什麼嗎？」

多尼尼在心中暗暗叫苦。他知道，因為他已經聽過不下百遍了。尼塔胥認為世界上沒有一道菜足以滿足他的胃口，於是自己發明了一道恐怖的菜餚。

「首先，」尼塔胥惡狠狠地說。「我要點一打煎餅。小姐，」他對著想像中的女侍說：「十二片！而且我要全部疊起來，每兩片煎餅中間夾一顆煎蛋。然後，你知道我要怎麼樣嗎？」

「淋上蜂蜜！」科曼說。他和尼塔胥一樣是大胃王。

「一點都沒錯！」尼塔胥說，眼裡閃爍著光芒。

「唉，」下士克萊漢斯百無聊賴地嘆了一口氣。他是看管他們的德國衛兵，頂著一顆禿頭。多尼尼猜想這個老頭兒大概六十五歲了。克萊漢斯常常心不在焉，沉浸在自己的思緒裡。在納粹德國這片沙漠中，他就像是一座綠洲，充滿同情心，而且行事緩慢懶散。他說他那一口還過得去的英語是在利物浦當服務生的四年間學的。他對自己在英國的經歷不願多談，只說英國人吃得太多了。

克萊漢斯搓了搓他那威廉大帝般的髭鬚，倚在他那把六呎長的骨董步槍上。「你們談吃的談太多了。美國人就是因為這樣才會打敗仗——你們太軟弱了。」他看著尼塔胥，只見他還在忙著享用想像中的煎餅、煎蛋和蜂蜜。「好了，好了，回去工作吧。」這只是提議而已。

三名美國士兵還是坐著不動。他們所在的地方是一座沒了屋頂的廢棄房屋，位於德國德勒斯登。時間是一九四五年三月初。尼塔胥、多尼尼和科曼都是戰俘。克萊漢斯下士負責看管他們。他負責監督他們把城裡好幾十億噸的碎石一一堆疊成井然有序的石堆，以免影響根本不存在的交通。名義上，這三名美國士兵是因為在戰俘營裡犯了輕微的過錯而遭到懲罰。不過，和表現良好的戰俘比較起來，他們每天上午到街上勞動，由無精打采的克萊漢斯以他那雙略帶憂鬱的藍色眼睛監管著，這樣的待遇即使沒有比較好，也沒有比較糟。克萊漢斯只要求他們在軍官經過的時候，裝作忙碌的模樣。

在戰俘貧乏的生活裡，唯有食物能提振他們的精神。巴頓將軍還在一百哩以外呢。聽著尼塔胥、多尼尼和科曼談著第三軍團，旁人恐怕會以為第三軍團的前鋒不是步兵和坦克，而是一群伙夫兵和運糧車。

「好了，好了，」克萊漢斯又說了一次，一面拍掉制服上的灰泥屑。他屬於保安隊，是專供老人棲身的可悲部隊，制服只是一套廉價的灰色服裝，穿起來也不合身。他看了看錶，午餐時間已經過了。他們的午餐時間有三十分鐘，但沒有東西可吃。

多尼尼依依不捨地翻著手上的筆記簿，又翻了一分鐘，才把筆記簿收進胸前口袋裡，掙扎著站了起來。

他們對筆記這麼狂熱，起因是多尼尼教科曼怎麼做披薩餅。科曼在一家被炸毀了的文具店裡搜刮了幾本筆記簿，把披薩餅的做法記在其中一本。那次的經驗讓他感到非常滿足，於是不久之後，三人就爭相在筆記簿裡記下食譜。寫下菜餚的做法，感覺上似乎離真正的食物近了一點。

他們各自把自己的筆記簿劃分成幾個部分。例如尼塔胥的筆記簿分成四個部分：「我打算嘗試的甜點」、「肉類的烹調方式」、「點心」及「其他」。

科曼皺著眉頭，繼續努力在筆記簿裡記錄著。「雪莉酒加多少？」

「不甜的雪莉酒，一定要用**不甜**的，」多尼尼說：「約四分之三杯。」他看到尼塔胥用橡皮擦在筆記簿裡擦拭著。「怎麼了？你要把分量改成一加侖嗎？」

「才不是。我根本不是在記那道菜。我是在改別的東西。我要吃的第一道菜已經改了，」尼塔胥說。

「什麼？」科曼興致勃勃地問道。

多尼尼露出了痛苦的表情，克萊漢斯也是。這些筆記簿強化了多尼尼與尼塔胥之間的信念衝突，凸顯了他們兩人的鮮明對立。尼塔胥的食譜總是浮誇，是一時興起的產物。多尼尼的食譜則是充滿原創性與美感。科曼則介於兩者之間。這是一場兩個極端之間的拉鋸，一端是美食家，標榜藝術；另一端是貪吃鬼，講究物欲，有如美女和野獸的對比。多尼尼很慶幸自己能有個盟友，即便這個盟友是克萊漢斯下士也沒關係。

「先不要告訴我，」科曼說，一面翻著筆記簿。「等我把第一頁準備好。」每本筆記簿裡最重要的部分，就是第一頁。他們一致同意用第一頁記錄自己最期待的菜餚。多尼尼在第一頁精心寫下了白蘭地鴨的做法。尼塔胥則是把這個尊榮的位置保留給他的恐怖煎餅餐。科曼原本想寫下火腿與蜜番薯，但在另外兩人的否決下放棄了這個主意。他猶豫不決，只好把尼塔胥和多尼尼的建議一起寫在第一頁，之後再做決定。現在，尼塔胥又要修改那道恐怖大餐，更是撩撥得他心癢難耐。多尼尼嘆了口氣。科曼太沒主見了。尼塔胥加料之後的菜餚，恐怕會把白蘭地鴨擠下第一頁的好位置。

「不加蜂蜜了，」尼塔胥堅定地說：「我原本有點猶豫，現在確定是大錯特錯了。蜂蜜和蛋根本不搭。」

科曼擦掉原本的筆跡。「所以呢？」他的語氣裡充滿了期待。

「淋上熱軟糖，」尼塔胥說：「一大坨熱軟糖——淋在上面，讓它慢慢往下流。」

「嗯——，」科曼沉醉不已。

「吃，吃，吃，」克萊漢斯下士咕噥道：「一天到晚都在談吃的，每天就只知道吃！起來。開始工作了！你們那些蠢筆記簿，那可是叫做侵占哪，光憑這點我就可以槍斃你們了。」

他閉上眼睛，嘆了一口氣。「吃，」他輕聲說著：「用講的、用寫的有什麼用？要談就談女人、談音樂、談酒嘛。」他伸出雙臂，跟老天抗議：「這幾個算哪門子軍人嘛，整天只會交換食譜？」

「你也餓了，不是嗎？」尼塔胥說：「你對吃的有什麼意見？」

「我不缺吃的，」克萊漢斯滿不在乎地說。

「每天六片黑麵包、三碗湯，這樣就夠啦？」科曼質問他。

「這樣就很多了，」克萊漢斯辯解：「我現在覺得比以前健康。我在戰前吃得太胖，現在反而恢復標準身材，像年輕人一樣。戰前所有人都太胖了，活著只是為了吃，而不是為了活下去而吃。」他淡淡一笑。「德國從來沒有這麼健康過。」

「是啊，可是你不餓嗎？」尼塔胥繼續追問。

「吃東西可不是我人生中唯一的事，也不是最重要的事，」克萊漢斯說：「好了，起來吧！」

尼塔胥和科曼心不甘情不願地站起來。「老頭，你的槍口沾到灰泥還是什麼的，」科曼說。他們慢慢踅回滿目瘡痍的街上，克萊漢斯跟在後頭，一面用火柴清理著槍口，一面咒罵他們的筆記簿。

多尼尼從幾百萬顆碎石裡撿起一顆小石頭，拿到人行道旁，擺在克萊漢斯面前。他停下腳步，雙手扠腰。「好熱，」他說。

「正適合工作，」克萊漢斯說。他在人行道上坐了下來。「你當兵前做什麼工作？廚師嗎？」他沉默許久，才開口問道。

「我在紐約幫我爸爸經營他的義式餐廳。」

「我在布雷斯勞也開過一家餐廳，」克萊漢斯說：「那是好久以前的事了。」他嘆了一口氣。「現在回想起來，德國人花那麼多時間、精力吃那麼多東西，實在是太沒意義了。真是浪費。」他怒目瞪視著多尼尼背後，舉起手指朝著科曼和尼塔胥搖了搖。他們兩人站在道路中央，每人一手拿著一顆棒球大小的石塊，另一手捧著筆記簿。

「我以為裡面加了酸奶呢，」科曼說。

「筆記簿收起來！」克萊漢斯命令：「你們沒有女人嗎？談談你們的女人嘛！」

「我當然有女人啊，」科曼煩躁地說：「她叫瑪麗。」

「就這樣嗎？沒其他事情好說了嗎？」克萊漢斯質問道。

科曼一臉茫然。「她姓費斯克——瑪麗・費斯克。」

「瑪麗・費斯克長得漂亮嗎？她做什麼工作？」

科曼瞇起了眼睛，思索著。「有一次，我在等她下樓，所以就看著她老媽做檸檬蛋白派，」他說：「她用了糖、玉米澱粉，還有一點鹽，然後加了幾杯水——」

「拜託，談談音樂吧。她喜歡音樂嗎？」克萊漢斯說。

「然後她怎麼做？」尼塔胥問。他放下了手上的石塊，又在筆記簿裡寫了起來。「她加了蛋，對不對？」

「拜託，別再說了，」克萊漢斯哀求道。

「當然加了蛋，」科曼說：「還有牛油。很多的牛油和蛋。」

二

四天後，尼塔胥在一個地下室裡找到蠟筆。克萊漢斯在同一天請求調離罰役監管任務，但遭到拒絕。

那天上午，克萊漢斯火氣很大，一出戰俘營就對他負責監管的三名囚犯大吼大叫，斥責他們步伐不一致，走路還把手插在口袋裡。「繼續講，繼續講吃的吧，各位女士，」他挑釁著：「我再也不必聽你們說話了！」他從彈藥包裡得意洋洋地掏出兩團棉花，塞進了耳朵。「現在我可以想我自己的事情了，哈！」

中午，尼塔胥溜進了一棟房屋的地窖，期盼能找到一罐罐裝滿食物的密封罐，因為他家裡的地窖就裝滿了這種東西。他出來的時候，全身髒得不得了，看起來很失望，嘴裡咬著一枝綠色蠟筆。

「怎麼樣？」科曼滿懷期待地問，看著尼塔胥握在左手裡的幾隻蠟筆，有黃色、紫色、粉紅色和橙色。

「大有斬獲。你喜歡什麼口味？檸檬？葡萄？草莓？」他把手上的蠟筆狠狠地丟在地上，然後把含在口中的綠色蠟筆用力吐出來。

又到了午餐時間，克萊漢斯坐在地上，背對著三名囚犯，若有所思地盯著德勒斯登殘破的天際線。他的耳朵裡塞著兩團棉花。

「你知道現在吃什麼最好嗎？」多尼尼問道。

「一杯熱軟糖聖代，加上堅果和棉花糖，」科曼立即答道。

「還有櫻桃，」尼塔胥說。

「羅馬風味烤牛肉串！」多尼尼閉著眼睛，輕聲說道。

尼塔胥和科曼隨即翻開了筆記簿。

多尼尼親吻著指尖。「羅馬風味烤牛肉串，」他說：「一磅牛肉塊，兩顆蛋，三大匙羅馬諾乳酪，還有——」

「這是幾人份的？」尼塔胥質問。

「正常是六人份，給豬吃的話，大概只能算半份而已。」

「這道菜看起來是什麼樣子？」科曼問。

「呃，就是很多東西串在烤肉叉上。」多尼尼看到克萊漢斯拔下一邊耳朵的耳塞，但隨即又塞了回去。「不太容易描述。」他搔了搔頭，然後看了一下丟在地上的蠟筆。他撿起黃色蠟筆，畫了起來。他愈畫愈起勁，又用其他顏色的蠟筆加上光影細節，最後再畫一張格子圖案的桌巾當背景。他把筆記簿遞給科曼。

「唔——，」科曼大為稱許，一邊搖著頭，一邊舔著嘴唇。

「哇！」尼塔胥佩服不已。「看起來跟真的一樣欸！」

科曼興奮地遞出自己的筆記簿。他翻開的那一頁，標題寫著：「蛋糕。」「你能不能畫個經典結婚蛋糕？你知道的嘛，白色蛋糕，上面有櫻桃的那一種。」

多尼尼依言嘗試，結果畫得非常好。蛋糕看起來相當可口，上面還有一道粉紅色奶油的字樣：「二等兵科曼，歡迎回家！」

「幫我畫一疊煎餅——總共十二片，」尼塔胥催促著多尼尼。「沒錯，小姐，就是十二片！」多尼尼無可奈何地搖了搖頭，然後畫了起來。

「我要把這張圖拿給克萊漢斯看，」科曼興奮地說著。他伸直了手臂，仔細端詳手上的筆記簿。

「上面再加上軟糖，」尼塔胥緊靠在多尼尼背後說。

「好了，你們這些傢伙！」克萊漢斯下士大吼一聲，科曼手上的筆記簿像受傷的鳥兒般，啪搭一聲，掉到地上的石礫堆裡。「午餐時間結束了！」他踏步走到多尼尼與尼塔胥面前，一把搶走他們的筆記簿，塞進自己胸前的口袋裡。「畫起圖來了是吧？開始工作啦，懂不懂？」他刻意以大動作在槍口安上一根特別長的刺刀。「走吧！**開工**！」

「他發什麼神經啊？」尼塔胥說。

「我只不過拿了蛋糕圖案給他看，他就氣成這副模樣，」科曼埋怨。「死納粹，」他低聲咒罵。

多尼尼把蠟筆塞進口袋，趕緊閃開克萊漢斯猛力戳過來的刺刀。

「『日內瓦公約』規定阿兵哥必須以勞動換取食宿。你們就給我努力工作吧！」克萊漢斯下士說。他整個下午都逼著他們揮汗勞動。只要他們三人想開口說話，他就會吼他們，命令他們做事。「你！多尼尼！過來，把這碗義大利麵撿起來，」他說，指著腳尖前面的一顆大石頭。他走到對街兩根十二吋見方的椽子前面。「尼塔胥和科曼，孩子們，」他柔聲說道，一面拍著手掌。「這就是你們夢想中的巧克力點心了。一人一個。」他把臉湊到科曼面前。「上面還加了鮮奶油，」他輕聲說。

那天傍晚，三人沮喪地回到戰俘營，累得全身癱軟。先前，多尼尼、尼塔胥和科曼回營的時候都刻意跛著腳步，裝出一副不堪勞動之苦的模樣。克萊漢斯也刻意對著他們大吼大嚷，像是牧羊犬趕著羊群進入柵欄。現在，他們看起來還是和先前一樣，只不過這次不是假裝的了。

克萊漢斯拉開營門，大手一揮，示意他們進去。

「立正！」營裡傳來高聲呼喊。多尼尼、科曼與尼塔胥停下腳步，彎腰駝背地站著，腳跟勉強靠攏。克萊漢斯下士雙腳一併，鞋跟發出響亮的碰擊聲，接著步槍柄往地上一頓，挺直身軀，微微顫抖著。今天正是每月一次的軍官突擊檢查。一名身材矮小的上校身穿毛領大衣，腳蹬黑色皮靴，跨步站在列隊齊整的囚犯面前。身材圓胖的衛兵長站在他身邊。所有人都凝視著克萊漢斯下士和他帶進來的三名囚犯。

「唔，」上校以德語說道：「這幾個傢伙是幹什麼的？」

衛兵長連說帶比地匆忙解釋了一番，褐色的眼睛懇求著長官的認可。

上校踏步走過水泥地板，雙手背在身後。他在尼塔胥面前停下腳步。「里肆個壞孩子，啊？」

「報告長官，我犯了錯，」尼塔胥答得簡單扼要。

「里後悔了嗎？」

「報告長官，我知道錯了。」

「很好。」上校繞著他們三人走了幾圈，口中哼著歌，然後停下來摸了摸多尼尼上衣的布料。「里聽得懂我講的英以嗎？」

「報告長官，您講得很好，」多尼尼說。

「偶講話像美國哪裡的口音？」他興致勃勃地問道。

「報告長官，密爾瓦基。您不說的話，我還以為您是密爾瓦基人呢。」

「偶可以到密噁瓦基當堅諜，」上校得意洋洋地對衛兵長說。突然間，他的目光落在克萊漢斯下士身上。他眼睛的高度只到克萊漢斯的胸口。他臉上的笑容頓時消失無蹤，跺著腳步走到克萊漢斯面前。「下士！你的上衣口袋沒有扣上！」他以德語斥責。

克萊漢斯圓睜著眼，用力拉下胸前口袋的上蓋，但怎麼也扣不起來。

「你口袋裡有東西！」上校說，怒火漸增。「就是這樣才扣不起來。把東西拿出來！」

克萊漢斯掏出口袋裡的兩本筆記簿，把口袋扣起來，舒了一口氣。

「你筆記簿裡記了些什麼啊？囚犯名單嗎？是不是表現不佳的囚犯，嗯？拿來我看看。」

上校從克萊漢斯軟弱無力的手中一把奪過筆記簿。克萊漢斯滿臉驚恐。

「這是什麼？」上校厲聲問道，語氣中充滿了不可置信。克萊漢斯想要開口解釋。「閉嘴，下士！」上校揚起眉毛，把一本筆記簿拿在身旁，好讓衛兵長也能看到。「偶回家要疵的第一道菜，」他緩慢唸著，然後搖了搖頭。「哼！『十呃片煎餅，每兩片夾一顆煎蛋！』喲，『再淋喪熱卵糖！』」他轉向克萊漢斯。「這就是你要的嗎，你這可悲的傢伙？」他以德語說。「圖畫得不錯嘛。嗯——。」他伸手搭在克萊漢斯的肩膀上。「士官隨時都要想著戰爭。阿兵哥想什麼都沒關係，不管是女人、吃的，還是其他各種好東西，只要他們遵從士官的命令就行了。」上校以拇指指甲熟練地挑起克萊漢斯的銀色肩章，往旁邊一丟。肩章撞在遠端的牆壁上，發出喀喇喇的聲響。「好運的阿兵哥。」

克萊漢斯又清了清喉嚨，請求開口辯白。

「閉嘴，二等兵！」身材矮小的上校趾高氣昂地走了出去，隨手撕碎手上的筆記簿。

三

多尼尼深感愧疚，而且他知道尼塔胥和科曼也有同樣的感受。那是克萊漢斯遭到降級之後的第二天。表面上，克萊漢斯看起來和先前沒什麼兩樣。他的步伐還是相當輕快，也似乎還是樂於到營區外走走，呼吸新鮮空氣，享受廢墟中冒出的春意。

他們受罰雖然已有三週，但他們負責清理的街道卻還是無法通行，連自行車都不過去。他們走到勞役地點，克萊漢斯沒有像前一天下午那樣恫嚇他們，也沒有像往常要求他們假裝忙碌的模樣，而是直接帶他們到午餐休息的那座廢墟裡，示意他們坐下來。克萊漢斯似乎睡著了。他們一語不發地坐著，三名美國人內心滿是懊悔。

「我們覺得很抱歉，害你被拔階了，」許久之後，多尼尼終於開口說話。

「好運的二等兵，」克萊漢斯沮喪地說：「我打了兩場戰爭才升為下士，結果，」他一彈手指，「就這麼沒了。食譜是**違禁品**。」

「來，」尼塔胥說，聲音顫抖著。「你想抽菸嗎？我有一根匈牙利香菸。」他遞出那根珍貴的香菸。

克萊漢斯勉強擠出一絲笑容。「大家輪流抽吧。」他點燃那根菸，抽了一口，然後遞給多尼尼。

「你怎麼會有匈牙利香菸？」科曼問。

「一個匈牙利人給我的，」尼塔胥說。他捲起褲管。「用襪子換來的。」

他們抽完了菸，背靠在石壁上。克萊漢斯還是沒有叫他們工作。他似乎神遊到了遠處，沉浸在自己的思緒裡。

「你們不再談吃的了嗎？」沉默許久之後，克萊漢斯才開口問道。

「我們都害你被拔階了，當然不談了，」尼塔胥沉重地說。

克萊漢斯點點頭。「沒關係。得來容易，去得也快。」他舔了舔嘴唇。「再過不久，這一切就會結束了。」他往後一靠，伸了個懶腰。「等戰爭結束之後，你們知道我要做什麼嗎？」二等兵克萊漢斯閉上眼睛。「我要拿三磅的牛肩肉，加上培根，塗上大蒜、鹽，還有胡椒，浸泡在白酒和水中」——他愈說愈起勁——「把洋蔥、桂葉和糖加進去」——他站了起來——「還有乾胡椒！放個十天，孩子們，十天就好了！」

「什麼東西十天就好了？」科曼興高采烈地問道，一面伸手摸向原本放筆記簿的地方。

「醋燜牛肉！」克萊漢斯高喊道。

「幾人份？」尼塔胥問。

「只夠兩個人吃而已，孩子，很抱歉。」克萊漢斯伸手搭在多尼尼的肩膀上。「足夠兩個肚子餓的藝術家填飽肚皮了，對不對，多尼尼？」他向尼塔胥眨了眨眼。「至於你和科曼，我會做一道粗飽的料理。十二片煎餅，每兩片之間夾著一塊上校切片，再淋上一大坨熱軟糖，這樣好不好？」

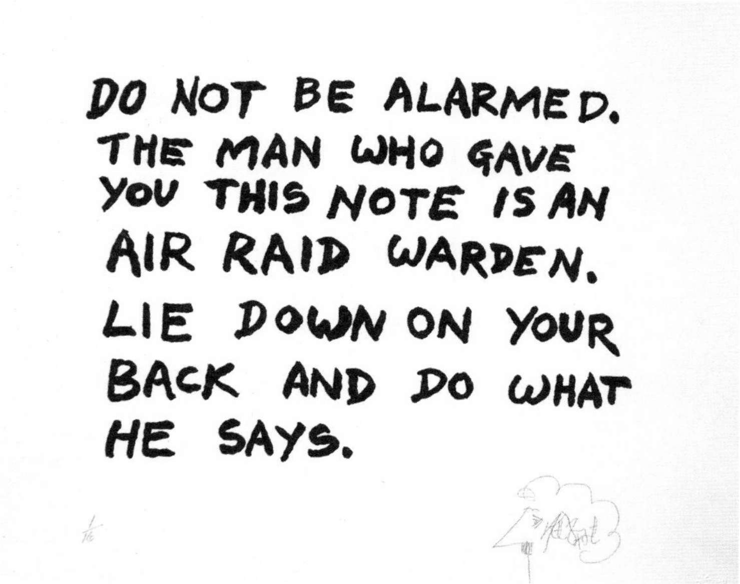
DO NOT BE ALARMED.
THE MAN WHO GAVE
YOU THIS NOTE IS AN
AIR RAID WARDEN.
LIE DOWN ON YOUR
BACK AND DO WHAT
HE SAYS.

別害怕，拿這張字條給你的人，是防空隊員。
仰躺在地上，遵照他的指示就行了。

生日快樂，一九五一

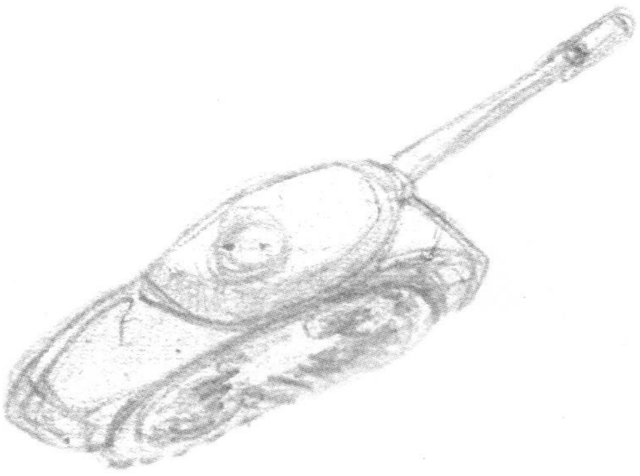

「夏天是過生日的好時候，」老人說：「既然可以自己選擇，幹麼不選夏天呢？」他吐舌頭沾濕了拇指，翻閱著一疊文件。那是士兵要求他填寫的證明文件，一定要寫出生日期，所以男孩必須挑選一個生日。

「今天就可以是你的生日啊，如果你喜歡的話，」老人說。

「可是今天早上下過雨，」男孩說。

「好吧，那就明天囉。雲層被吹到南方去了，明天應該一整天都是大晴天。」

士兵們在早晨遇上暴雨，為了找地方避雨，發現了這一老一小。他們奇蹟似地在廢墟裡住了七年，沒有任何證明文件——換句話說，他們沒有獲得官方的許可就在那裡生活。據說沒有人能夠在欠缺證明文件的情況下取得糧食、住所或衣物。不過，在這座被摧毀的城市裡，這對老小卻藉著挖掘廢墟底下的地窖，以及在夜間偷東西，取得了生活所需的物資。

「你為什麼發抖？」男孩問。

「因為我老了，老人看到阿兵哥會害怕。」

「我不怕他們，」男孩說。他對他們的地底世界突然出現了這群入侵者深感興奮。他舉起一個金光閃閃的物體，映照著透入地窖窗戶的一道狹窄光線。「你看，有個人給了我一顆銅釦子。」

那些軍人沒什麼令人畏懼的地方。由於地窖裡的老人這麼老，小孩又這麼小，因此那群軍人就帶著饒富趣味的眼光看待這對老小。戰爭結束以來，在這整座城市裡，只有這兩人不曾在任何地方留下紀錄，不曾接受任何預防接種，不曾效忠任何人，不曾揚棄任何事物，不曾為任何事道歉，不曾投票給任何人，也不曾為任何理念踏上戰場。

「我不是故意的，」老人故作老邁地對著那群軍人說：「我真的不知道。」他對他們說，在戰爭結束的那一天，有個逃難婦女把一個嬰兒交給他，然後就再也沒有回來。他身邊的男孩就是這麼來的。孩子的國籍？名字？生日？他都不知道。

老人握著一根棍子翻動爐火上的洋芋，打掉外皮上的灰燼。「我實在不是個好爸爸，居然過這麼久了，都沒幫你挑個生日，」他說：「你每年都應該過一次生日，可是我過去這六年卻沒讓你過生日，也沒幫你準備禮物，你生日也能拿到禮物。」他小心翼翼地撿起一顆洋芋，丟給男孩，男孩伸手接住，笑了出來。「你已經決定是明天了嗎？」

「嗯，應該是吧。」

「好吧。這樣雖然沒有太多時間準備，可是我還是會送你禮物。」

「什麼禮物？」

「生日禮物是一種驚喜，這樣比較好玩。」老人想到自己在街上的瓦礫堆裡看到的輪子。等男孩睡著之後，他就去把那些輪子撿來，做一台小推車。

「你聽！」男孩說。

每天傍晚，遠方的街道就會傳來部隊行進的聲音。

「別聽了，」老人說。他舉起一根手指，吸引男孩的注意。「你知道我們在你的生日要做什麼嗎？」

「到麵包店偷蛋糕嗎？」

「可能吧，可是我想的不是這個。你知道我明天想做什麼嗎？我想帶你到你這輩子從來沒有去過的地方。我自己也已經好幾年沒去過那裡了。」一有這個念頭，老人就興奮了起來。這才是真正的禮物，推車根本不算什麼。「明天我帶你遠離戰爭。」

老人沒看到男孩臉上露出困惑及略帶失望的神情。

*

這天是男孩為自己挑選的生日。天空晴朗無雲，一如老人所保證的。他們在陰暗的地窖裡吃了早餐。老人利用深夜做成的推車擺在桌上。男孩一手拿著東西吃，另一手放在推車上。他吃著吃著，偶爾會停下來，前後推動著推車，嘴裡模仿引擎的聲音。

「你那輛卡車真不錯啊，先生，」老人說：「你是要載牲畜到市場去嗎？」

「轟隆隆隆，轟隆隆隆。別擋路！轟隆隆隆。別擋住我的坦克。」

「抱歉，」老人嘆了口氣，「還以為那是卡車。不過，你喜歡就好，那就夠了。」他把手上的錫盤丟進擺在爐火上加熱的一桶水裡。「這只是開頭而已，只是開頭而已，」他興致勃勃地說：「接下來還有更好的呢。」

「還有一個禮物嗎？」

「也算是禮物吧。記得我昨天的承諾嗎？我們今天要遠離戰爭。我們要到樹林裡去。」

「轟隆隆隆，轟隆隆隆。我可以帶我的坦克一起去嗎？」

「如果你願意在今天讓它變成卡車，就可以帶去。」

男孩聳了聳肩。「那就留在這裡好了，回來再玩。」

兩人在明亮的陽光下眨著眼，走下廢棄的街道，接著轉入一條繁忙的大道，道路兩旁都是新建的建築。在這裡，世界彷彿突然恢復了清新潔淨、完整無損。這裡的人似乎不知道這條大道方圓幾哩都是一片荒蕪。一老一小手臂下夾著午餐，朝著南方長滿了松樹的山丘走去，沿著大道緩緩上坡。

人行道上，四名年輕的士兵並排走了過來。老人退到一旁，讓士兵們先走。男孩卻不閃避，朝著士兵舉手敬禮。那幾名士兵微微一笑，對他回禮，並且往旁邊退，讓男孩走過去。

「裝甲步兵，」男孩對老人說。

「嗯？」老人心不在焉地答道，眼睛盯著遠處的綠色山丘。「真的嗎？你怎麼知道？」

「你沒看到他們的綠色穗帶嗎？」

「有，可是那種東西是會變的。我記得以前裝甲步兵的穗帶是黑紅相間，綠色則是——」他陡然停住。「管他的，」他說，語氣有些嚴厲。「都是毫無意義的東西。今天我們要把那一切都拋在腦後。今天是你的生日，你實在不該想這些——」

「黑紅相間是工兵，」男孩插嘴道，語氣頗為認真。「純黑色是憲兵，紅色是砲兵，藍紅相間是醫務兵，黑橙相間是……」

松林裡一片寂靜。在這片幾百年的老松樹林裡，濃密的枝葉阻絕了城市傳來的聲響。無數的褐色樹幹圍繞在老人與男孩身邊。在層層疊疊的針葉與樹枝交雜掩蔽之下，頭頂上的太陽也只剩下星星點點的光芒。

「這裡嗎？」男孩問。

老人看了看周遭。「不是，再前面一點。」他指向前方。「那邊，看到了嗎？從那裡可以看得到教堂。」只見松林邊緣的兩株樹幹之間，露出一片方形的天空，天空前方矗立著一座燒毀了的高塔殘骸。「注意聽——聽到了嗎？水聲。上面有一條小河。我們到河谷裡去，在那裡唯一能夠看到的就是樹頂和天空。」

「好吧，」男孩說：「我喜歡這裡，可是到那邊也沒關係。」他望著教堂高塔，然後看了老人一眼，狐疑地揚起了眉毛。

「等一下你就知道了，那邊的視野比這裡好得多，」老人說。

他們爬到山脊上，老人興高采烈地指著底下的河流。「那裡！你覺得怎麼樣？就像伊甸園一樣！就像上帝剛創造世界的時候一樣，只有樹木、天空和水流。這才是你應該擁有的世界。至少你今天能擁有這樣的世界。」

「你看！」男孩說，指向另一邊的山脊。

山脊上有一輛大坦克，外表都已鏽蝕褪色，就像松針落葉的顏色一樣。砲塔上的大砲已經不見了，只剩下一個洞口，洞口滿是鏽斑。

「我們要怎麼過河到那邊去？」男孩問。

「我們沒有要到那邊去，」老人煩躁地說。他緊緊牽著男孩的手。「今天不到那邊去。我們另外找一天再過來，可是今天不去那裡。」

男孩如同消了氣的氣球，小手在老人的手裡突然癱軟了下來。

「這裡有個上坡的彎道。走過這裡，就可以找到我們要的東西了。」

男孩沒有說話。他撿起一顆石頭，丟向那輛坦克。隨著那顆小飛彈落向目標，他全身緊繃了起來，彷彿全世界都即將爆炸一樣。砲塔上傳來一聲微弱的喀喇聲，他才鬆弛下來，獲得了些許的滿足。然後，他便順從地跟在老人後面。

轉過彎道之後，他們發現了老人所尋找的地方：一塊表面平整乾燥的大石，突出於河流邊，兩旁矗立著高聳的河岸。老人在青苔上躺了下來，他拍了拍身邊的空位，示意男孩坐下。他打開餐袋。

吃完午餐之後，男孩開始坐立不安。「這裡好安靜，」他忍耐了許久，終於開口說道。「本來就該這樣，」老人說：「這是世界上的一個角落——本來就應該很安靜。」

「好寂寞喔。」

「這才是寧靜之美啊。」

「我比較喜歡城市，那裡有阿兵哥，還有——」

老人猛力抓住他的手臂。「你錯了，你只是不了解而已。你還太小，不了解這是什麼，不了解我想給你的是什麼。可是等你長大了，你就會記得這一天，你就會想回來這裡——在你的小推車已經壞了很久很久之後。」

「我不要小推車壞掉，」男孩說。

「不會，小推車不會壞。可是你先在這裡躺一下，閉上眼睛，靜靜聆聽，把一切都忘掉。我能給你的只有這樣——讓你在這幾個小時能夠遠離戰爭。」

男孩在他身邊躺了下來，乖乖地閉上了眼睛。

老人醒來的時候，太陽已經落到地平線上了。在河邊睡了這麼長的午覺，老人只覺得腰痠背痛，身上也濕答答的。他打了個呵欠，伸了伸懶腰。「該走了，」他說，眼睛還是閉著的。「我們這一天的和平日子已經結束了。」說完話，他才發現男孩不見了。他先是滿不在乎地喚了男孩的名字，卻發現只有風聲回應著他，他隨即站起來，高聲呼喊。

他感到非常驚慌。男孩從來沒有到過這片樹林，要是他往北走，就可能走進深山，迷失在森林裡。他爬上高處，又高喊了一聲。還是沒有人回應。

男孩也許跑到坦克那裡去了，說不定他想過河，可是他又不會游泳。老人趕緊跑向下游，繞過彎道去眺望那輛坦克。那具醜陋的殘跡在河谷對面瞪視著他。一片靜默，只有風聲和水聲。

「碰！」一個細小的聲音喊道。

男孩的頭從砲塔上探了出來。「這下可逮到你了！」他叫道。

BLESSED
ARE THE
HAPPY-GO-LUCKY
GIRLS AND BOYS.
1/52

隨遇而安的孩子最幸福。

學聽明點

我曾經和我爸爸的想法一致，認為只有成為謙恭、勇敢、可靠、有禮的鷹級童軍，才能為充實的人生奠定基礎。不過，我後來對人生有了較為實際的認識。現在，我認為住在紐約地獄廚房這個貧民窟，說不定比參與童軍的海狸小隊更有助於為人生預做準備。我不禁覺得，我的朋友路易斯・吉格利亞諾雖然從十二歲起就開始抽雪茄，卻遠比我更能適應混亂的人生。他從小對於人生逆境就有豐富的體驗，只要有一把小刀、一只開罐器和一具打孔機，就能夠無往不利。

我記得的那場生存之道大考驗，發生在德勒斯登的戰俘營裡。我是個耿直單純的美國青年，路易斯則是個縱慾過度的猥瑣傢伙，加入軍隊之前靠著向少女兜售大麻為生。不過，在那座戰俘營裡，我們兩人卻共同面對了人生的歷練。我現在之所以會想起路易斯，原因是我窮得身無分文，而我知道路易斯目前正在這個他熟知門路的世界裡，過著帝王般的生活。

根據「日內瓦公約」的民主條款，我們這些大頭兵必須以勞動換取食宿。我們所有人都辛勤工作，只有路易斯得以置身事外。他進了戰俘營之後所做的事，就是向一名會說英語的納粹衛兵表示，他根本不想參戰，因為他認為這場戰爭根本就是兄弟鬩牆，是羅斯福和國際上的猶太銀行家一手造成的結果。我問他是不是真心那麼認為。

「看在老天分上，我已經累了，」他說：「我和他們打仗打了六個月，我累了。我需要休息，也想和別人吃得一樣好。學聰明點，好嗎！」

「我寧可不要，謝謝，」我冷冷地說。

我被派去做挖掘土石的粗重工作，路易斯則待在營裡當德軍衛兵長的傳令。路易斯因為每天幫衛兵長掃三次地而獲得額外的食物配給，我則因為在美軍轟炸過後從事清理工作而得了疝氣。

「助紂為虐的傢伙！」有一天，因為在街道上的清理工作格外辛苦，我回營的時候不禁這麼咒罵了他一聲。他當時正與一名衛兵站在門口，全身乾乾淨淨，神清氣爽，看著其他又累又髒的戰俘列隊回營，不時朝著認識的囚友點頭。他聽到我咒罵的反應，卻是跟我並肩走回寢室。

他一手搭在我肩上。「小子，你也可以換個角度來看，」他說：「你幫德國佬清理街道，好讓他們又可以開著坦克和卡車跑來跑去。在我看來，這才叫助紂為虐。說我助紂為虐？你根本就搞錯了嘛。我幫德國佬做的事，就是抽他們的菸，向他們多誆一點吃的。這樣很糟糕嗎？」

我身子一倒，躺在我的舖位上，路易斯則在旁邊一張茅草墊上坐下來。我一隻手臂垂在床邊，他興致盎然地看著我手腕上的表，那是我媽送我的禮物。

「不錯嘛，很不賴的表欸，小子，」他說。接著又補上一句：「累了一整天，應該餓了吧？」

我餓死了。在外頭揮鋤頭揮了九個小時，光喝一杯劣質咖啡、一碗沒滋沒味的湯，配上三片乾麵包，絕對不可能吃得飽的。路易斯頗為同情。他喜歡我，也想幫助我。「你是個好孩子，」他說：「我告訴你我要怎麼做。我跟你談一筆小交易。讓自己餓肚子是沒有意義的。你那支表至少值兩條吐司。這筆交易怎麼樣，划算吧？」

在那個時候，兩條吐司實在是令人難以抗拒。一個人擁有兩條吐司，實在是難以置信的數量。我跟他討價還價。「朋友，」他說：「我開給你的是特別價，也是最高價了。我是想幫你，懂嗎？我只要求你別把這項交易洩露出去，要不然大家都會想用手表換兩條吐司。你答應嗎？」

我賭咒發誓絕不會向別人透露我最好的朋友路易斯的慷慨之舉。他不到一個小時就回來了。他偷偷看了看四周，然後從綑成一團的野戰外套裡抽出一長條的吐司，塞進我的床墊下。我等著他抽出第二條，但是沒有了。「我實在不知道該怎麼告訴你，小子，我和他打交道的那個衛兵說，自從突出部戰役的那些人進來之後，手表價錢就落底了。就是同時湧進太多手表才會這樣。抱歉喔。可是我要你知道，路易斯幫你那支手表爭取到最高價錢了。」他朝著床墊下的那條吐司伸了伸手。「你如果覺得被騙了，就跟我說，我馬上把你的表換回來。」

我的肚子咕嚕怪叫。「算了，路易斯，」我嘆了一口氣。「就這樣吧。」

第二天早上醒來，我舉起手腕看時間，才想到我已經沒有表了。睡在我上舖的人也醒了。我問他幾點了。他從床邊探出頭，我看到他滿嘴都是麵包。他回答的時候，麵包屑掉了我一身。他說他沒有表了。他努力嚼了幾口，把一大團麵包吞下去，才接著說：「路易斯願意拿兩條吐司和十根香菸換我那支原價不值二十美元的手表，誰還管它現在是幾點？」

路易斯因為和衛兵交往密切，所以經營起專賣事業。他號稱自己贊同納粹的信條，因此衛兵也就認為他是我們當中唯一聰明的一個，而我們都必須透過這位假猶大從事黑市交易。我們在德勒斯登落腳六個星期後，除了路易斯和衛兵之外，再也沒有人知道時間了。再過兩個星期，路易斯又把所有已婚戰俘的婚戒都變賣掉了。他說服他們的說法是：「好吧，你要念舊就念舊吧，餓死算了。我也聽說愛情是很美好的。」

他的利潤簡直嚇死人。舉例來說，我後來發現自己的表其實可以換到一百根香菸和六條吐司。挨餓過的人都知道這絕對是一筆橫財。路易斯把大部分的財富都轉成了最容易流通的商品：香菸。不久之後，他就興起放高利貸的念頭。我們每兩週配給二十根香菸。老菸槍通常一兩天就會抽完，接下來只能眼巴巴地等待下一次配給。這時候，路易斯的名號已經愈來愈響亮，被叫做「人民的朋友」、「誠實的約翰」。他宣布，大家可以用合理的五成利息向他貸菸，等到下次配給再還。不久之後，他就開始貸放他的財富，並以每兩週五成的速度成長。我欠他欠得可凶了，除了我的靈魂，再也沒有其他東西可以當作擔保品。我斥責他太貪婪。「基督當初把放債人趕出了聖殿，」我提醒他。

「他們借的是錢，小子，」他答道：「我沒有求你向我借菸吧，有沒有？是你求我借你的。香菸是奢侈品哪，朋友。沒有菸抽，你也一樣可以過活。不抽菸搞不好還活得更久。你幹麼不乾脆戒掉這個壞習慣算了？」

「到下禮拜二之前，你可以再借我幾根？」我問。

他的香菸庫存量因為這樣的高利貸而達到前所未有的高峰之後，一場災難又造成香菸的價格巨幅飆漲。實際上，他等待這場災難早已等得不耐煩了。美國陸軍航空隊闖越德勒斯登不堪一擊的防衛，摧毀了市區內的許多目標，其中也包括各大香菸製造廠。如此一來，不只戰俘不再配給香菸，連衛兵和平民也一樣無菸可抽。路易斯是當地金融活動的重要人物。衛兵領不到菸，開始把我們的戒指和手表回賣給路易斯，價格比當初他賣給他們的還低。有人說他的財富多達一百支手表，但路易斯自己的估計則保守得多，只有五十三支手表、十七只婚戒、七只高中畢業戒指，還有一條祖傳表飾。「有些表還得好好修復一番呢，」他對我說。

我說美國陸軍航空隊摧毀的不只香菸製造廠，意思是也有不少人遭到轟炸而喪生——差不多二十萬人。我們的勞役因此變成了令人作嘔的工作，必須把死者的屍體從防空洞或地下室裡挖出來。許多死者身上都戴著珠寶飾品，大多數人躲進防空洞的時候，也都把貴重物品帶在身邊。我們一開始都不願發死人財，一方面是因為有些人認為這麼做未免太過卑劣，另一方面則是因為一旦被抓到，就是死罪一條。後來還是路易斯點醒了我們。「老天，小子，你們只要花十五分鐘的時間，就可以一輩子不愁吃穿了。我還真希望他們願意讓我和你們出去一天呢。」他舔了舔嘴唇，接著又說：「這樣好了——我讓你占個大便宜。你只要撿一只像樣的鑽戒給我，我就讓你在營區裡再也不愁沒有菸抽、沒有東西吃。」

第二天，我把一只鑽戒塞在褲管翻邊，傍晚回營之後交給了他。不只是我，全營的人都幹了同樣的事。我把鑽戒拿給他，他搖了搖頭。「唉，真可惜，」他說。他舉起鑽石，對著光線：「這可憐的孩子冒著生命危險，撿回來的卻只是一顆鋯石！」經過他快速的檢驗之後，每個人帶回來的不是鋯石或石榴石，就是人工鑽。此外，路易斯還告訴我們，這些東西就算本來有些許價值，卻因為數量太多而不值錢了。我只換得四根菸，有些人換得一點乳酪、幾百克麵包，或是二十顆馬鈴薯。有些人於是把撿來的寶石留在身邊。路易斯不時都會和這些人閒聊，談到私藏竊盜品被抓到的危險。「英國區的一個倒楣鬼今天被抓了，」他說：「他們發現他把一條珍珠項鍊縫在上衣裡，才兩個小時就審訊完畢，他被槍斃了。」不久，大家都把撿來的珠寶賣給了路易斯。

所有人都把身上的東西賣掉之後，黨衛軍突然施行了一場突擊檢查。只有路易斯的床沒有被掀開。「他從沒離開過營區，行為表現又非常良好，」一名衛兵忙著向檢查人員解釋。我傍晚回營，只見床墊被割了一刀，稻草散落滿地。

不過，路易斯的好運也不是沒有用完的時候。在戰爭的最後幾週，我們的衛兵奉派去抵禦俄軍，於是改由一連無精打采的老兵看管我們。新任衛兵長不需要傳令，路易斯也就淪為戰俘群中沒沒無名的一員。在這種情況下，讓他覺得最難以忍受的一點，就是自己必須和一般人一樣，到營外服勞役。他非常不滿，而要求與新任衛兵長見面。過了大約一個小時他才回來。

我問他：「怎麼樣？希特勒打算拿多少錢和你換貝希特斯加登[1]？」

路易斯帶著一包外面裹著毛巾的包裹。他解開毛巾，只見裡面包著兩把剪刀、幾把推剪，還有一把剃刀。「我是營區理髮師，」他宣稱：「營區指揮官下令要我好好整理各位的儀容。」

「我如果不讓你剪我的頭髮呢？」我問。

「那你的配給就會減半。這也是指揮官的命令。」

「能不能麻煩你告訴我們，你是怎麼得到這項職務的？」

「沒問題，沒問題，」路易斯說：「我只是跟他說，我實在恥於和一群骯髒邋遢的戰俘為伍，而他也應該為自己手底下的囚犯這麼髒亂感到羞愧。於是，指揮官和我決定聯手改變

1　譯註：希特勒山間別墅所在地。

這種情況。」他在地上擺了一張板凳，示意我坐下來。「你是第一個，小子，」他說：「指揮官注意到了你的長髮，叫我一定要把你的頭髮剪短。」

我在板凳上坐了下來，他隨即在我脖子上圍了一條毛巾。我面前沒有鏡子，所以看不到他把我的頭髮剪成什麼模樣，可是他的動作頗為熟練。我稱讚了他一聲，說他剪起頭髮來還頗有兩下子。

「其實沒什麼，」他說：「有時候我自己都會被自己嚇一跳。」他最後再用推剪修一修，就大功告成了。「這樣只要兩根香菸就好，或其他等值物品也行。」他說。我拿糖錠支付理髮費用。除了路易斯以外，根本沒人有菸。

「要照鏡子看看嗎？」他拿了一塊鏡子的破片給我照。「不錯吧？更棒的是，我剪得最差就是這樣了，因為我愈剪只會愈進步而已。」

「我的老天！」我尖叫。我的頭看起來就像長了疥癬的狗頭一樣，坑坑疤疤的，還有十幾道冒著血絲的傷口。

「你是說你幹這種事就能夠整天待在營裡嗎？」我怒吼道。

「拜託，小子，冷靜一點嘛，」路易斯說：「我覺得看起來不錯啊。」

這樣的狀況其實沒什麼新鮮。他早就司空見慣了。我們其他人還是繼續每天出外被操得半死，傍晚回營再讓路易斯・吉格利亞諾幫我們理髮。

IN THE U.S.A.
IT'S WINNERS
VS.
LOSERS,
AND THE FIX
IS
ON.

在美國，你不是贏家，就是輸家，而大家都不惜作弊。

獵捕獨角獸

西元一〇六七年，在英格蘭的高地史杜，十八具屍體在村莊的絞刑架上來回轉動著。吊死他們的是恐怖羅伯，即征服者威廉的朋友。這幾具死屍雙眼凸出，沿著順時鐘方向緩緩轉動，北、東、南、西，接著又回到朝北的方向。和善、貧窮、體貼的人都感到絕望。

絞刑架對街處，住著樵夫艾爾默和他的妻子艾薇，還有他們的十歲兒子厄索伯特。

艾爾默的小屋後面是一片森林。

艾爾默關上小屋的門，閉上眼睛，舐了舐嘴唇，只嚐到悔恨的味道。他和厄索伯特一起在餐桌旁坐了下來。由於恐怖羅伯的隨從突然造訪，他們的稀粥都放冷了。

艾薇的背緊貼著牆，彷彿上帝剛從她面前經過。她兩眼發光，呼吸急促。

厄索伯特目光呆滯地盯著眼前的冷粥，腦袋裡盤桓著家族悲劇。

「啊，恐怖羅伯騎在馬上，看起來是不是很高貴呢？」艾薇說：「鐵甲漆得五顏六色，還有羽毛，馬身上的披巾又是那麼漂亮。」她掀動自己身上的破舊衣服，像女皇一樣昂著頭，聽著諾曼人的馬蹄聲漸漸遠去。

「是很高貴沒錯，」艾爾默說。他身材矮小，頭卻很大。一雙藍色的眼睛因為剛剛收到的壞消息而透露出焦躁不安。他瘦小的骨架上可見到一條條結實的肌肉，是斯文人不得不勞動而留下的痕跡。「他只能用高貴兩字形容，」他說。

「你愛怎麼說諾曼人，隨你，」艾薇說：「反正他們真的把英格蘭的格調提高了不少。」

「我們也付出代價了，」艾爾默說：「天下沒有白吃的午餐。」他把手指伸進厄索伯特那頭濃密的淡黃色頭髮，把他的頭往後一仰，看看他眼中有沒有生氣。不過，眼睛裡映照出來的卻是他自己困惑不安的心靈。

「鄰居一定都看到了恐怖羅伯在我們前門高聲咆哮，」艾薇得意地說：「等他們聽到他派了隨從把你任命為稅吏，該有多麼驚訝哪。」

艾爾默搖搖頭，鬆弛的嘴唇隨之顫動。他原本因為自己的智慧與溫和而受人喜愛，現在卻必須代表恐怖羅伯的貪婪，如果不接受，就別想活命。

「我真想用他那匹馬身上的披巾做一件衣服，」艾薇說：「藍色的，上面還布滿了一個個小十字架。」這是她一生中首次感到快樂。「我會做成隨興的風格，」她說：「後面全部皺在一起，拖在地上，可是其實是精心設計的結果。等我有了幾件好衣服，說不定我也可以學點法語，和那些諾曼女士**聊聊天**。她們那麼優雅。」

艾爾默嘆了口氣，雙手緊握兒子的手。厄索伯特的手很粗糙，手掌都是繭，毛孔和指甲底下也都塞滿了泥土。艾爾默撫摸著他指尖的一道割痕。「這是怎麼來的？」他問。

「做陷阱受傷的，」厄索伯特說。他整個人活了起來，閃耀著智慧的光芒。「我在坑洞上鋪了荊棘，」他熱切地說：「這樣獨角獸只要跌進去，荊棘就會掉在牠身上。」

「這樣應該可以逮到牠了，」艾爾默的語氣很溫柔。「英格蘭可沒幾戶人家有機會吃一頓獨角獸大餐呢。」

「我希望你能到森林裡來看看陷阱，」厄索伯特說：「我想確定陷阱做得沒有問題。」

「我相信你的陷阱一定很棒，我也**很想**看，」艾爾默說。在這對父子平淡乏味的生活中，捕捉獨角獸的夢想就像一片灰布上的一條金線。

他們兩人都知道英格蘭根本沒有獨角獸，但他們刻意活在這種虛假的信念裡——彷彿獨角獸真的存在，彷彿有一天厄索伯特真的會抓到一隻，彷彿這個一貧如洗的家庭在不久之後就會有吃不完的肉，還能把珍貴的角變賣，換得一大筆錢，從此過著幸福快樂的日子。

「你說你要來看，已經說了一年了，」厄索伯特說。

「我太忙了，」艾爾默說。他不想去看那個陷阱，不想面對現實。那個陷阱只不過是地上的一個小洞，上面鋪了幾根樹枝，只因為男孩的想像力而成為推動希望的一股巨大力量。艾爾默只想繼續在腦海中想像著那個陷阱有多麼宏偉，多麼大有可為，因為除此之外，生活中再也沒有其他希望了。

艾爾默親吻兒子的雙手，嗅了嗅肌膚與泥土混雜的氣味。「我很快就會找時間去看看，」他說。

「做了衣服之後，剩下的披巾還夠幫你和厄索伯特做幾件內褲，」艾薇說，仍然沉浸在那股興奮情緒中。「到時候你們兩個可神氣了，穿著上面滿是金色十字架的藍色內褲。」

「艾薇，」艾爾默耐著性子說：「希望你想清楚——羅伯真的很恐怖。他不可能把馬兒身上的披巾給你，他從來不曾給過任何人任何東西。」

「只要我願意，我當然可以做做白日夢，」艾薇說：「這應該是女人的特權吧。」

「做什麼白日夢？」艾爾默說。

「如果你表現得好，他**說不定**會在披巾舊了之後，把它送給我，」艾薇說：「而且，如果你收的稅金多得超過他們的想像，說不定他們偶爾會邀請我們到城堡去作客。」她在小屋裡走來走去，賣弄風情，一手拎著想像中的裙襬。「找安，先生，女士，」她嘟嘴捲舌，模仿法語的發音。接著又說：「相信各位大人和女士身體都健康。」

「這就是你的夢想嗎？」艾爾默問道，震驚不已。

「然後他們還會賜給你一個響亮的名號，像是血腥艾爾默或瘋狂艾爾默之類的，」艾薇說：「而且你和我和厄索伯特也會每週騎馬上教堂，打扮得光鮮亮麗。如果有哪個老農奴對我們說話不夠恭敬，我們就痛打他——」

「艾薇！」艾爾默高聲打斷了她的話：「我們**就是**農奴啊。」

艾薇踏著腳，緩緩地搖頭。「恐怖羅伯不是才剛給了我們上進的機會嗎？」

「變得像**他**一樣可惡？」艾爾默說：「這樣叫做上進嗎？」

艾薇在餐桌旁坐了下來，雙腿擱在桌上。「一個人如果生在統治階級裡，身不由己，」

她說：「那他就必須好好管理百姓，要不然百姓就再也不會把政府當一回事了。」她優雅地抓了抓癢。「老百姓就是要有人管。」

「真不幸，」艾爾默說。

「老百姓需要有人保護，」艾薇說：「裝甲和城堡也不便宜。」

艾爾默揉了揉眼睛。「艾薇，你能不能告訴我，還有什麼比我們的政府更差勁？」他說：「我還真想看看，然後再決定到底哪個東西比較可怕。」

艾薇沒有聽他說話。她因為聽到愈來愈響亮的馬蹄聲而興奮不已。恐怖羅伯和他的隨從在返回城堡的路上又經過了他們家，小屋也在權勢與光榮中微微顫動著。

艾薇衝到門前，打開了門。

艾爾默與厄索伯特低下了頭。

諾曼人發出驚喜的歡呼聲。

「呀！」

「看！」

「勇士們，快追！」

諾曼人的馬匹立起來，向前一躍，奔進了森林裡。

「有什麼好消息？」艾爾默問：「他們踏扁了什麼東西嗎？」

「他們看到了一頭鹿！」艾薇說：「他們都追上去了，恐怖羅伯在前面領頭」。她手撫著胸口。「他真是身手矯健啊，對不對？」

「是啊，」艾爾默說：「願上帝賜給他強壯的右臂。」他望向厄索伯特，以為他會露出心照不宣的嘲諷笑容。

不過，厄索伯特卻是面無血色，圓睜著眼。「陷阱——他們跑到陷阱那裡去了！」他說。

「他們如果敢碰你的陷阱，」艾爾默說：「我就——」他脖子上青筋暴起，雙手曲握成爪。恐怖羅伯如果看到那個陷阱，可想而知一定會把男孩的心血毀掉。「只是好玩而已，只是好玩而已，」他咬牙切齒地喃喃自語。

艾爾默想要幻想自己殺掉恐怖羅伯，但這樣的幻想卻和人生一樣令人沮喪，因為這樣等於是在沒有弱點的地方找尋弱點。他幻想中的結局也和真實世界裡一樣，羅伯和他的手下騎在如同大教堂一樣高大的馬匹上，身穿鐵甲，在頭盔的面甲後方哈哈大笑，好整以暇地挑選著叉子、鐵鍊、鐵鎚、剁肉刀等各種武器，決定怎麼對付這個滿腔怒火、衣衫破舊的樵夫。

艾爾默的手癱軟了下來。「他們要是敢破壞陷阱，」他有氣無力地說：「我們就再搭造另一個陷阱，造得比前一個還好。」

艾爾默對自己的軟弱感到羞愧不已，並且因此覺得一陣頭暈目眩。他的手臂擱在桌上，把頭靠在手臂上。一會兒之後，他才抬起頭來，卻像骷髏頭一樣咧著嘴笑，一面左顧右盼。

他已經度過了崩潰的臨界點。

「爸爸！你還好嗎？」厄索伯特說，語氣中充滿了驚恐。

艾爾默顫抖著站起身來。「很好，」他說：「我很好。」

「你看起來和之前不太一樣，」厄索伯特說。

「我**是**不一樣了，沒錯，」艾爾默說：「我再也不怕了。」他抓住桌沿，大吼一聲：「我不怕了！」

「小聲點，」艾薇說：「他們會聽到的。」

「我才**不要**小聲點！」艾爾默激動地說。

「你最好小聲一點，」艾薇說：「你知道恐怖羅伯會怎麼處置大聲嚷嚷的人。」

「沒錯，」艾爾默說：「他會把帽子釘在他們頭上。不過，如果我得付出這樣的代價，那也沒關係。」他雙眼朝上一翻。「我一想到恐怖羅伯破壞孩子的陷阱，人生的真諦就突然閃過了我的眼前！」

「爸，你聽我說——我不怕他破壞我的陷阱。我只怕——」

「閃過了我眼前！」艾爾默大吼。

「喔，拜託，」艾薇不耐煩地說，一面關上了門。「好吧，好吧，好吧，」她嘆了一口氣。「就來聽聽你閃過眼前的人生真諦吧。」

厄索伯特扯著父親的袖子。「如果你問我的話，」他說：「那個陷阱其實——」

「破壞者與建造者的對抗！」艾爾默說：「那就是人生的真諦！」

厄索伯特一面搖頭，一面自言自語：「他的馬如果踏到那條繩子，就會牽動樹苗，然後——」他抿著嘴唇。

「你說完了嗎，艾爾默？」艾薇說：「就這樣而已嗎？」她滿心只想再回去觀看那群諾曼人。艾爾默不禁怒火中燒。他碰觸門把。

「沒有，艾薇，」艾爾默咬著牙說：「我**還沒**講完。」他一掌把她的手從門把上打掉。

「你居然打我，」艾薇驚詫不已。

「你每天都把門開著！」艾爾默吼道：「我真希望我們沒有門！你整天什麼都不做，就只會坐在門前，看著犯人被處死，看著諾曼人經過。」他的手在她面前顫抖著。「難怪你腦袋裡只有一堆光榮和暴力的怪念頭！」

艾薇嚇得縮成一團。「我只是看看而已，」她說：「我一個人會寂寞，看那些東西可以讓時間過得快一點。」

「你看得太久了！」艾爾默說：「我還有其他消息要告訴你。」

「什麼？」艾薇膽怯地問。

艾爾默挺了挺他瘦小的肩膀。「艾薇，」他說：「我不當恐怖羅伯的稅吏。」

艾薇倒抽了一口氣。

「我不幫助劫掠者，」艾爾默說：「我兒子和我都是建造者。」

「你不當稅吏，他會把你吊死的，」艾薇說：「他說他一定會這麼做。」

「我知道，」艾爾默說：「我知道。」他還沒感受到恐懼。疼痛也還沒出現。他只覺得自己總算做了一件理想的事，只覺得自己嚐到了一口冰涼純淨的泉水。

艾爾默把門打開。風變大了，死屍身上的鐵鍊也因而發出吱吱嘎嘎的聲響。風從森林裡吹來，傳來了諾曼人狩獵的呼喊聲。

不知為什麼，他們的叫喊聲中充滿了惶恐和疑慮。艾爾默猜想這是距離造成的結果。

「羅伯？喂，聽得到嗎？羅伯？呀！喂，聽得到嗎？」

「喂，聽得到嗎？呀！羅伯。出個聲音好嗎，求求你。呀！呀！有沒有聽到？」

「喂，喂，聽得到嗎？羅伯？恐怖羅伯？呀！喂，喂，聽得到嗎？」

艾薇從身後抱住了艾爾默，臉頰貼在他的背上。「艾爾默，親愛的，」她說：「我不要你被吊死。我愛你，親愛的。」

艾爾默拍了拍她的手。「我也愛你，艾薇，」他說：「我會想念你的。」

「你真的要這麼做嗎？」艾薇說。

「時候到了，我應該為自己的信念而死，」艾爾默說：「就算這不是我的信念，我也必須這麼做。」

「為什麼，為什麼？」

「因為我已經在兒子面前說了我會這麼做，」艾爾默說。厄索伯特走到他面前，艾爾默伸手抱住了男孩。

他們三人擁抱在一起，在落日下前後晃動，隨著他們骨髓裡感受到的韻律搖晃著。艾薇在艾爾默背後抽泣著。「你這樣只會教厄索伯特也一起走上死路，」她說：「他現在對諾曼人都無禮得很。他們沒把他關進地牢就謝天謝地了。」

「我只希望厄索伯特這輩子也能像我一樣，有個這麼好的兒子，」艾爾默說。

「所有的事本來都很順利的，」艾薇說。她哭了出來。「你得到了這麼好的一個職務，可以藉著這個機會往上爬，」她抽抽噎噎地說：「我本來還想，等到恐怖羅伯那匹馬身上的披巾舊了之後，說不定你可以問問他——」

「艾薇！」艾爾默說：「別讓我更難過了。安慰我吧。」

「如果我早知你要做什麼，說不定事情會容易一點，」艾薇說。

兩名諾曼人從森林裡走出來，滿臉沮喪與困惑不解的神情。他們彼此對望，攤開雙臂，聳了聳肩。

其中一人用腰刀撥開灌木叢，低頭看了看，一副無計可施的可憐樣。「喂，喂？」他說：「羅伯？」

「他不見了！」另一人說。

「不知道跑到哪兒去了！」

「他的馬、他的鎧甲、他的羽毛——一轉眼就不見了！」

「唉！」

「真糟糕。」

他們看到了艾爾默一家人。「呀！」其中一人對艾爾默喊道：「你有沒有看到羅伯？」

「恐怖羅伯？」艾爾默問。

「對。」

「抱歉，」艾爾默說：「連他的影子都沒看到。」

「什麼？」

「我連他的人影都沒看到，」艾爾默說。

兩名諾曼人又對看了一眼，滿臉淒涼的神色。

「糟糕！」

「媽的！」

他們又慢慢返回森林裡。

「喂，喂，聽到沒有？」
「呀！羅伯！有沒有聽到？」
「爸！你聽！」厄索伯特興奮地叫道。
「噓，」艾爾默輕柔地說：「我在跟你媽說話。」
「就像那個愚蠢的獨角獸陷阱，」艾薇說：「我也不了解那個陷阱到底要幹麼。我一直很有耐心，從來沒說過一句話。可是現在我要把心裡的想法說出來了。」
「說吧，」艾爾默說。
「那個陷阱一點用也沒有，」艾薇說。
艾爾默的眼眶盈滿了淚水。幾根樹枝、地上的小洞，還有男孩的想像力，這些就代表了他的一生——即將畫下句點的一生。
「這裡根本沒有獨角獸，」艾薇說，對自己的見多識廣頗為得意。
「我知道，」艾爾默說：「厄索伯特和我都知道。」
「你慷慨赴義對現況也不會有什麼幫助，」艾薇說。
「我知道。厄索伯特和我也知道這一點，」艾爾默說。
「或許笨的人是**我**吧，」艾薇說。
艾爾默突然感到一陣恐懼和孤寂，還有即將隨之而來的痛苦，這是他堅持理想必須付出的代價。他想品嚐冰涼純淨的泉水，就得付出這樣的代價。這種代價比羞辱還要痛苦百倍。

艾爾默嚥了一口口水。脖子上將會被絞繩勒住的地方傳來一陣疼痛。「艾薇，親愛的，」他說：「我**希望**真是這樣。」

那天晚上，艾爾默祈禱艾薇能夠嫁個新丈夫，厄索伯特能夠有顆堅強的心，也祈禱自己能夠不受痛苦而死，而且死後能夠上天堂。

「阿門，」艾爾默說。

「說不定你可以**假裝**當一下稅吏，」艾薇說。

「那我去哪裡生出假裝的稅金？」艾爾默問。

「說不定你當稅吏只要當一下下就好了，」艾薇說。

「即使只是一下下，大家都有充分的理由厭惡我，」艾爾默說：「**然後**我就可以走上黃泉路了。」

「總是有什麼辦法的，」艾薇說。她的鼻頭紅了起來。

「艾薇——」艾爾默說。

「嗯？」

「艾薇——我了解你為什麼想要布滿金色十字架的藍色洋裝，」艾爾默說：「我也希望能讓你過那樣的生活。」

「還有你和厄索伯特的內褲，」艾薇說：「我不是只為了自己而已。」

「艾薇，」艾爾默說：「我要做的事，比馬身上的那些披巾都還重要。」

「這就是我的疑問，」艾薇說：「我實在想像不到有什麼會比那些披巾更了不起。」

「我也一樣，」艾爾默說：「可是那樣的事物確實存在，那樣的事物必須存在。」他露出一抹哀傷的微笑。「不論那些事物是什麼，我明天在天國裡歡欣鼓舞，就是為了它們。」

「我希望厄索伯特趕快回來，」艾薇說：「我們全家應該團聚在一起。」

「他必須檢查他的陷阱，」艾爾默說：「日子還是得過下去。」

「真高興那些諾曼人回去了，」艾薇說：「他們滿口法語，我聽得都快發瘋了。我想他們應該找到恐怖羅伯了吧。」

「那我就注定要賠上一條命了，」艾爾默嘆了一口氣。「我去找厄索伯特，」他說：「在人生的最後一夜，還有什麼事比從森林裡把兒子帶回家更有意義？」

艾爾默走進夜色裡，天上掛著一輪彎月，周遭的景物都染上一抹淡淡的藍色。他循著厄索伯特走過的小徑走到森林邊緣，望著面前那片由林木形成的黑暗高牆。

「厄索伯特！」他喊道。

沒有人回答。

艾爾默撥開枝葉，走進森林裡。樹枝劃過他的臉，刺藤絆著他的腿。

「厄索伯特！」

只有絞刑架回應著他的呼喊。鐵鍊嘎嘎作響，骷髏摩擦著地面。絞刑架上的八個欄位只吊了七具死屍，還有空間可以再吊死一個人。

艾爾默愈來愈焦急，不斷往森林深處走去。他來到一片林間空地，停下腳步，喘著氣，汗水刺痛眼睛。

「厄索伯特！」

「爸，是你嗎？」前方的灌木叢裡傳來厄索伯特的聲音。「快來幫我。」

艾爾默盲目地闖入灌木叢裡，兩手不斷撥開枝葉。

厄索伯特在一片漆黑中抓住了父親的手。「小心！」他說：「再走一步，你就會跌進陷阱裡了。」

「喔，」艾爾默說：「好險。」為了討兒子歡心，他故意顫抖著聲音。「唔——，真可怕！」

厄索伯特把他的手往下拉，壓到地上的一個東西。

艾爾默吃了一驚，發現手掌摸到的竟是一頭大公鹿。他蹲了下來。「一頭鹿！」他說。

他的聲音迴盪在四周，彷彿發自大地的深處。「**一頭鹿、一頭鹿、一頭鹿。**」

「我花了一個小時，才把牠拖出陷阱，」厄索伯特說。

「**陷阱、陷阱、陷阱，**」回音在他們身邊盪漾著。

「真的嗎？」艾爾默說：「好樣的，兒子！我沒想到你的陷阱做得這麼棒！」

「**這麼棒、這麼棒、這麼棒。**」

「你不知道的可多了呢，」厄索伯特說。

「**可多了呢、可多了呢、可多了呢。**」

「那回音是從哪來的？」艾爾默問。

「**從哪來的、從哪來的、從哪來的？**」

「從你前面來的，」厄索伯特說：「就是你面前的陷阱。」

艾爾默不禁往後一跳，只聽到厄索伯特的聲音從面前的大洞裡迴盪而出，彷彿來自地底，來自地獄的大門。

「**陷阱、陷阱、陷阱。**」

「你**挖**了這麼大一個洞？」艾爾默難以置信。

「上帝挖的，」厄索伯特說：「這是一個洞穴上方的裂口。」

艾爾默癱軟在地。他把頭枕在公鹿冰冷僵硬的後腿上。灌木叢濃密的枝葉間只有一道細縫，正好可以看見夜空裡一顆明亮的星星。艾爾默眼裡盈滿了感恩的淚水，淚光閃爍，只見星星化成了一道彩虹。

「我這一生別無所求了，」艾爾默說：「今天晚上，上帝已經把一切都賜給了我，而且還比我要求的多得多。在上帝的幫助下，我兒子捕到了一頭獨角獸。」他伸手摸著厄索伯特的腳，輕撫著他的腳背。「連微不足道的樵夫父子的祈禱，上帝都願意聆聽，那世界上還有什麼理想**不能**實現呢？」

艾爾默差點沉入了夢鄉。他只覺得自己與天地萬物融為一體。

厄索伯特喚醒了他。「我們是不是該把這頭公鹿抬回去給媽？」厄索伯特說：「來一頓午夜大餐？」

「不能把整頭鹿抬回去，」艾爾默說：「這樣太冒險了。我們切下幾塊比較好吃的部位，剩下的先藏在這裡。」

「你有刀子嗎？」厄索伯特問。

「沒有，」艾爾默說：「那是違禁品，你應該知道吧？」

「我去找個東西來割肉，」厄索伯特說。

艾爾默仍然躺在地上，聽著他兒子從裂口爬下地底洞穴，聽著他愈爬愈深，聽他奮力搬動著洞穴裡的木材。

厄索伯特回來的時候，手上多了一個長長的東西，映照著星星的光芒。「這個應該就可以了，」他說。

他把那東西交到艾爾默手上。那是恐怖羅伯沉重鋒利的大腰刀。

午夜。

這一家人吃了滿肚子的鹿肉。

艾爾默用恐怖羅伯的短刀剔著牙縫。

厄索伯特在門口把風，拿羽毛擦了擦嘴唇。

艾薇心滿意足地在身前攤開了馬匹的披巾。「我要是知道你捕得到東西，」她說：「就不會瞧不起那個陷阱了。」

「陷阱就是這樣，」艾爾默說。他仰靠在椅背上。恐怖羅伯既然死了，他就不必擔心自己明天會被送上絞刑架。他覺得自己應該為此感到興奮，但和他腦袋裡其他各式各樣的念頭相較之下，撿回一條命顯然只是件小事罷了。

「我只有一件事要說，」艾薇說。

「說吧，」艾爾默顯得志得意滿。

「我希望你們兩個不要再把我當成笨蛋了。你們一直說這是獨角獸的肉，難道你們以為隨便說什麼我都會信嗎？」

「這是獨角獸的肉啊，」艾爾默說：「我還要告訴你一件可以相信的事情。」他套上恐怖羅伯的鐵甲手套，然後用手指輕叩著桌面。「艾薇，小人物也有出頭的一天。」

艾薇以愛慕的眼神望著他。「你和厄索伯特真好，」她說：「還特別帶了衣服回來給我。」

遠處傳來了馬蹄聲。

「把東西藏起來！」厄索伯特說。

轉眼間，恐怖羅伯的遺物和鹿肉就都不見蹤影了。

全副武裝的諾曼武士從樵夫艾爾默毫不起眼的小屋前奔馳而過。他們對著夜裡無形的惡魔高聲大吼，聲音中摻雜了恐懼和傲氣。

「呀！呀！鼓起勇氣，勇士們！」

馬蹄聲漸馳漸遠。

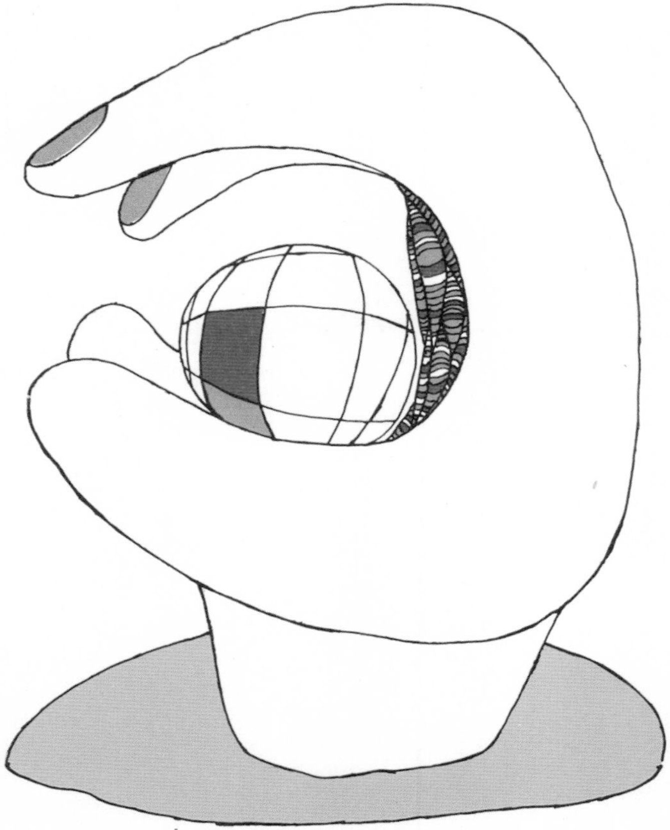

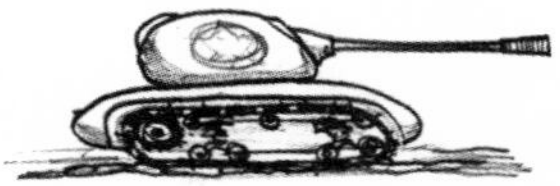

無名士兵

我們的孩子誕生於二〇〇〇年一月一日的零時過十秒。他們說這是紐約市在第三個千禧年首位誕生的嬰兒。不過，這當然是胡說八道。別的不說，許多人早就說過，二〇〇一年一月一日其實才算是第三個千禧年開始的日子。就全球的觀點來說，在我們的孩子出生之際，新的一年其實已經過了六個小時，因為全球標準時間的所在地是英國格林威治天文台，而那裡的新年早就已經開始了。暫且不論以基督誕生日為標準而計算的西元年份頂多只是近似值，光是基督誕生的日期就難以考證了。更何況，嬰兒究竟是在哪一分鐘出生的，又有誰說得準呢？是頭顱出現就算嗎？還是要等到全身都出來了才算？或者是剪斷臍帶的那一刻？由於這座城市的首位千禧寶寶連同寶寶的父母和接生的醫師，都可以獲得許多珍貴的獎賞，因此早在競賽開始之前，各方就一致同意不能以剪斷臍帶的時間為準，因為醫生可以刻意拖延剪臍帶的時間。全市各地的醫生都可能手裡握著剪刀，眼睛緊盯著時鐘，當然還有證人在場，同樣盯著剪刀，盯著時鐘。拔得頭籌的醫生可以免費到百慕達旅遊，那是少數能讓遊客感到安全自在的島嶼，因為英國在那裡駐紮了一營的傘兵。由此可見，醫生只要有機會，就很可能故意操弄出生時間。

不論標準怎麼訂，斷定出生時刻的爭議其實還算小事。要判定子宮裡的受精卵究竟何時開始算是人，才是讓人更加頭痛的問題。為了這場競賽的需要，主辦單位把出生時刻定義為嬰兒的眼睛或眼皮首度接觸外在光線的那一刻，也就是證人見到嬰兒眼部的那一刻。在這樣的定義下，嬰兒其實還沒完全離開母體。我們的孩子就是這樣。假如是臀位分娩，眼睛當然就得等到最後才會出現。因此，這就是競賽最荒謬的部分：我們的孩子如果臀產，或者患有唐氏症、脊柱裂、因母親吸食快克[1]而患有先天缺陷，或者是個愛滋寶寶，就會被取消資格，但原因是這種寶寶的出生時刻難以判定，而不是因為——套用評審的話——這種寶寶異於常態。畢竟，這個寶寶理當象徵未來一千年的人類有多麼健康可愛。評審提出的一項保證是，父母的種族、信仰以及國籍，絕不影響結果的認定。我是在美國土生土長的黑人，而我太太雖然被歸類為白人，但她出生於古巴。不過，我們兩人的社會地位絕對有利無弊：我是哥倫比亞大學社會學系的系主任，我太太則是紐約醫院的物理治療師。我確信我們的寶寶勝過了其他幾位競賽者，包括一個在布魯克林的垃圾桶裡被人發現的男嬰。我們因為是中產階級而勝出。

我們獲得了一輛福特休旅車、三張迪士尼世界的終生通行證、各種家庭健身器材，還有一套家庭娛樂系統，包括七十二吋的螢幕、錄影機，以及能夠播放各種唱片和錄音帶的音響系統。此外，寶寶可在成年後獲得價值五萬美元的政府債券，還獲贈了搖籃、嬰兒車、尿布等等。不過，她六週大時就夭折了。幫她接生的醫師當時還在百慕達度假，並沒有接到寶寶夭折的消息。她的夭折和她的出生一樣，不論在百慕達還是在紐約市以外的任何地方，都不是什麼受人矚目的大新聞。實際上，在紐約市也是一樣，只有這場蠢競賽的主辦者和獎品贊助商擺出一副煞有介事的模樣，滔滔不絕地講了一大堆廢話，說她代表了各種美妙的事物，不但是種族融合的美麗結晶，也重新喚起了當初造就紐約成為世界首善之都的精神，而且象徵了人類的和平，林林總總，不一而足。現在，我覺得她就像是戰爭紀念碑裡的一個無名士兵，只不過是個小小的血肉之軀，卻被吹捧到天上去了。順帶一提，沒什麼人來參加她的葬禮。當初發起這項競賽的電視台只派了個小主管，不但不是名人，也沒有攝影人員隨行。誰會想要看到未來一千年的象徵被埋到土裡？只要電視台拒絕報導一件事，這件事就好像從來不曾存在過。電視可以抹除任何東西，甚至是一整座大陸，例如非洲。現在的非洲就是一大片沙漠，那裡數以百萬計的嬰兒雖然也面對著新的千禧年，卻擺脫不了餓死的命運。他們說我們的女兒死於嬰兒猝死症，是一種遺傳疾病，目前還無法由羊膜穿刺術察知，而且可能永遠都無法事先預知。她是我們的第一個孩子。唉，苦命的我。

1 編註：源於古柯鹼。吸食者會產生興奮、發抖、心跳加速、血壓上升、被害妄想、幻覺等症狀。大量吸食則會引起精神錯亂、思想障礙。長期吸食則引起失眠、躁動或妄想性神經病。過量吸食則導致呼吸抑制。

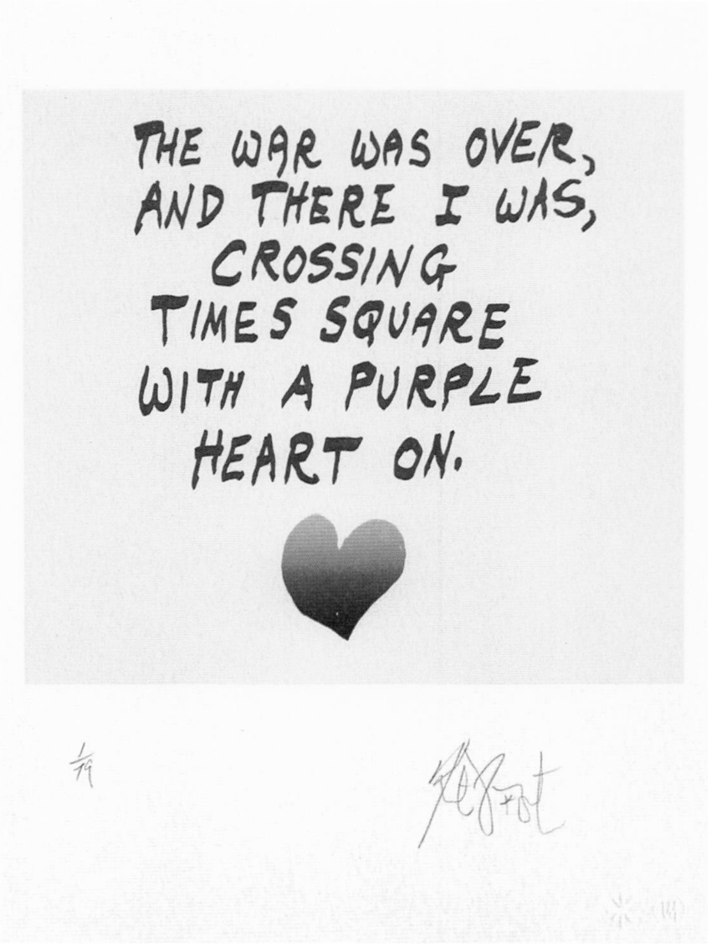
THE WAR WAS OVER,
AND THERE I WAS,
CROSSING
TIMES SQUARE
WITH A PURPLE
HEART ON.

戰爭結束了，我走在時代廣場上，胸前佩戴著紫心勳章。

戰利品

在審判日那天，上帝如果問保羅，哪裡是他應得的永恆住所？天堂還是地獄？那麼保羅可能會說，按照他自己的認知，以及普世的道德標準，地獄應是他的命定之所——因為他仍記得自己犯下的那件惡行。全能的上帝以其全知，也許會認為保羅的一生整體而言並沒有危害什麼人，況且他早已為自己所犯的錯誤受盡了良心折磨。

保羅在蘇台德那段難以忘懷的戰俘經歷，已經隨著時間流逝而逐漸淡去，但有一幅令人哀痛的影像卻不斷盤旋在他的腦海裡。他太太蘇在一天晚餐時開的玩笑，無意間又喚起了他努力想要遺忘的回憶。那天，蘇一整個下午都和隔壁的瓦德太太在一起。瓦德太太取出了一套精美的二十四人份銀製餐具。蘇驚訝之餘，才知道那是瓦德先生從歐洲戰場上帶回來的紀念品。

「親愛的，」蘇嗔怪他：「你難道不能帶點更好的東西回來嗎？」

保羅的劫掠行為應該不至於造成德國人的多少哀嘆，因為他唯一的戰利品就是一把生鏽扭曲的德國空軍佩劍。他在俄國占領區的同袍，在戰後的無政府狀態下著實享受了幾週徹底底的自由經濟，而得以抱回各式各樣的寶物，猶如滿載而歸的西班牙征服者。不過，保羅對自己那件小小的紀念品已頗為知足。他當時雖然有長達好幾週的時間可以到處搜刮，但他的劫掠生涯卻短短幾小時就宣告結束。那件讓他灰心喪志、充滿悔恨的事情，那個在他心頭上不斷折磨著他的影像，應該從一九四五年五月八日那個光輝燦爛的早晨談起。

保羅當時被囚禁在蘇台德赫倫朵夫的戰俘營，衛兵都在前一天晚上逃到了森林與山頂避難，他和其他囚友過了好一陣子才習慣沒人看管的狀況。他和另外兩名美國人忐忑不安地沿著擁擠的道路走向彼特斯瓦德——一座平靜的農村，住了五百名飽受戰火之苦的居民。道路雙向都湧滿了人潮，所有人都哀叫著：「俄軍來了！」在這樣的環境下，他們走了漫長的四公里路，然後在一條流經彼特斯瓦德的小溪畔坐了下來，心中思量著自己該怎麼抵達美軍陣地，也想著俄軍是不是真的如人所說，不分青紅皂白地見人就殺。在他們身旁一座穀倉裡的籠子內，一隻白兔蹲踞在黑暗中，聆聽著外面不尋常的喧鬧聲。

他們三人對村裡居民的恐懼絲毫無法感同身受，也完全沒有憐憫之意。「天知道，那些倨傲的混蛋根本是自找的，」保羅說，另外兩人也帶著幸災樂禍的心情點頭同意。「看看當初德國人是怎麼對待他們的。現在俄國人不管怎麼做，實在都不算過分，」保羅說。他的同伴又點了點頭。他們靜靜坐著，看著慌亂的母親把小孩藏在地下室，其他人則匆匆逃向山上或樹林裡，不然就是拋下家宅，帶著少許貴重的家當沿路逃跑。

一個滿臉驚恐的英國代理下士飛快奔跑，一面高喊著：「快逃吧，各位，他們已經到赫倫朵夫了！」

西邊揚起一陣塵土，傳來卡車的隆隆聲，驚恐的難民四散奔逃，接著俄軍就開進了村莊，不斷投擲香菸給震驚不已的百姓。如果有人敢探出頭來，俄軍更是隨即送上濕熱的吻。

保羅在卡車旁又跑又跳，又笑又叫。漆著紅星標誌的卡車上播放著激昂的手風琴音樂，車上的解放大軍聽到保羅在底下高喊著「美國人！美國人！」，便拋下吐司和肉塊給他。保羅既滿意又興奮，和他的朋友抱著滿懷的食物回到小溪畔，開始大口大口地吃了起來。

不過，他們還沒吃完，一大群憤怒的德國奴隸就跟在俄軍後面大肆放火劫掠，其中包括捷克人、波蘭人、南斯拉夫人、俄國人等。他們行事頗有條理，以三、四人為一組，挨家挨戶破門而入，恐嚇裡頭的住戶，並恣意帶走喜歡的東西。在這裡實在無法對搶劫行為視而不見，因為彼特斯瓦德坐落於狹窄的隘谷裡，只有一條道路，兩旁各一排房屋而已。保羅心想，在夜幕低垂之前，一定有好幾千人徹底搜過了每一棟房屋。

他和他的朋友看著那些強盜搜刮得不亦樂乎，只要有盜夥經過他們身邊，他們就報以淡淡一笑。兩個興高采烈的蘇格蘭人和其中一群盜夥交上了朋友，歡欣鼓舞地劫掠了一番，然後也停下來和這三個美國人閒聊了一會兒。他們各自都騎著一輛精美的自行車，手上戴滿了戒指和手表，還有望遠鏡、相機，以及其他各種耀眼的小飾品。

「畢竟，」其中一人解釋道：「在這麼特別的日子裡，我們可不想就這麼呆坐著。這種機會是不會有第二次的。我們是勝利者哪，當然可以他媽的想拿什麼就拿什麼。」

三個美國人自己討論了一番，保羅特別積極，說服彼此劫掠敵人的家宅絕對是正當的行為。於是，他們闖入最近的一棟房子，早在他們抵達彼特斯瓦德之前，屋內就已空無一人，裡面的物品也被洗劫一空：窗戶上沒有一片完好的玻璃，抽屜被拉了出來、拋在地上，衣櫥裡的衣服散落一地，櫥櫃裡空無一物，枕頭與床墊也都被剖開來。在保羅一行人到來之前，屋裡的物品早就遭到一群群的盜夥輪番洗劫，只剩下少許破衣服和一些鍋碗瓢盆而已。

他們挑挑揀揀，直到傍晚才翻遍這堆乏善可陳的雜物，結果一無所獲。保羅說，說不定屋子裡原本就沒多少東西，說不定原本的住戶就窮得很，因為屋裡的陳設破舊不堪、牆面斑駁，屋外也顯然需要好好油漆修繕一番。不過，保羅後來爬上階梯，到了狹小的樓上，卻發現一個令人驚奇的房間，和整棟屋子的寒酸模樣格格不入。那是一間臥房，裝潢得五彩繽紛，有雕刻精美的家具，糖果條紋的牆上掛著優美的風景畫，門窗等木作部分也剛上過漆。地板中央丟著一堆被遺棄的玩具，床頭旁的牆邊則倚著整棟屋子裡裡外外唯一沒有被人動過的東西：「真想不到。看，小孩的柺杖。」

忙了半天，卻沒找到任何有價值的東西，他們一致認為天色已晚，不適合繼續尋寶，應該想辦法找些東西吃。他們雖然有俄軍散發的許多食物，卻覺得在這個偉大的日子，晚餐應該吃點特別的東西，譬如來隻雞，還有牛奶和蛋，甚至再來隻兔子。為了尋找這樣的美食，他們三人分頭翻找鄰近的穀倉和農場。

保羅繞到他們剛洗劫過的那棟屋子後面，探看了一座小穀倉。不論裡頭原本有什麼糧食或牲畜，顯然都早在幾個小時前被人帶往東邊去了，他心想。在靠近門口的地方，他從泥土地上撿起了幾顆馬鈴薯，但也就只有這樣而已了。他把馬鈴薯塞進口袋裡，打算再到其他地方看看，卻聽到角落裡傳來一陣窸窣聲。接著，那個聲音又出現了一次。他的眼睛慢慢適應黑暗之後，才看到角落裡擺著一個籠子，裡面關著一隻肥胖的大白兔，抽動著粉紅色的鼻子，急促地呼吸著。運氣真好，這隻白兔就是他們晚宴的主菜了。保羅打開籠子的門，抓住白兔的耳朵，把白兔提了出來，牠一點也沒有掙扎。他從來沒宰過兔子，所以一時之間也不知道該怎麼辦。最後，他終於把兔子的頭擱在一塊砧板上，用一根斧頭的刃背敲碎了牠的頭骨。白兔軟弱無力地踢了幾下，死了。

保羅頗感得意，接著剝皮清洗，並且砍掉白兔的一條腿，以求未來有更多的好運。完事之後，他站在穀倉門口，思考著和平，凝望著夕陽和一長列無精打采的德軍士兵，從最後一塊防禦陣地拖著步伐回家。他們身邊跟著一群疲憊不堪的百姓，都是當天上午剛逃往城外的群眾，卻因為遇上向德國內陸推進的俄軍，不得不折返回來。

突然間，保羅注意到三個人從人龍中朝他走了過來。他們在那棟寒酸的屋子前面停下腳步。保羅的胸口湧上一陣自責和懊悔。「這一定是他們的屋子和穀倉，」他心想：「這一切一定是屬於那對老夫婦和那個跛腳的男孩所有。」婦人哭了起來，男子則搖著頭。男孩一直想引起老夫婦的注意，不斷說著什麼，並且伸手指向穀倉。保羅站在陰影裡，以免被他們看見。一看到他們走進屋子，他就趕緊帶著兔子跑開了。

他把他的貢獻帶到另外兩人選擇的生火處，位於一壟小丘上，保羅可從白楊木防風林的縫隙裡看見那座穀倉。兔子和其他戰利品都放在鋪在地上的一塊布上。

其他人忙著烹煮食物，保羅則盯著穀倉看，看到那個小男孩從屋裡冒了出來，撐著枴杖，奮力邁向穀倉。他在穀倉裡待了許久，讓人心焦。保羅聽到一聲微弱的尖叫，接著看到小男孩出現在門口，手裡提著柔軟的白色毛皮。他拿起毛皮，靠在臉頰邊摩擦著，然後趴在門檻上，痛哭失聲。

保羅轉開了臉，再也沒有往那個方向看。另外兩人沒看到那個小男孩，保羅也沒有跟他們說。他們三人坐下來用餐的時候，其中一人帶頭禱告：「我們的天父，感謝您賜給我們這麼豐盛的餐點……」

保羅和他的同伴一起朝著美軍陣地邁進，緩緩經過一座又一座的村莊。其他兩人沿途搜刮了許多德國寶物，但不知道為什麼，保羅只帶了一把生鏽扭曲的德國空軍佩劍回家。

「相信我。」

就你和我，山姆

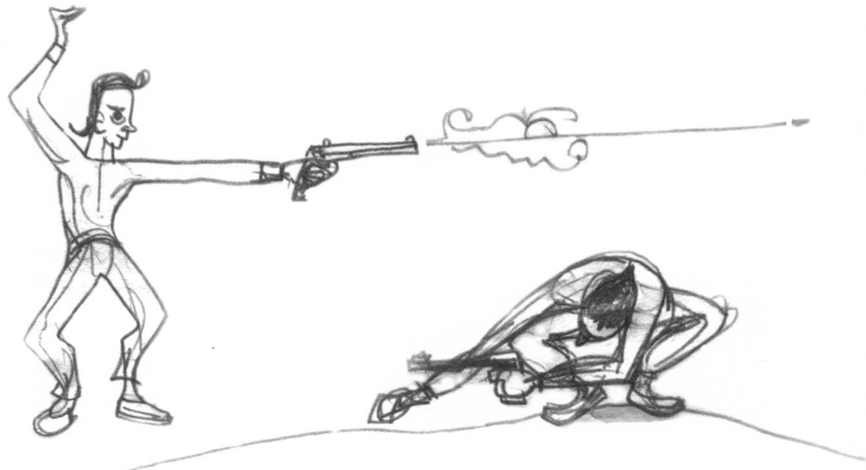

一

這是一個關於士兵的故事，但不算是戰爭故事。故事發生的時候，戰爭已經結束了，所以我想這個故事應該算是謀殺故事。沒有懸疑，只有謀殺。

我叫山姆・克萊漢斯。這是個德國名字，而且遺憾的是，我必須承認我爸爸在戰前有一陣子也曾在紐澤西加入德美聯盟。但他一發現德美聯盟實際的目的，立刻抽身退出，但我們鄰居有許多人卻熱切投入其中。我記得我們那條街上有幾個家庭對希特勒在祖國的作為深感興奮，甚至把家當變賣一空，搬回了德國。

他們有些孩子和我的年紀差不多。美國參戰後，我擔任步兵到海外作戰，不禁納悶自己會不會不得不對自己的童年玩伴開槍。我想我在戰場上應該沒有和他們相遇，因為我後來發現，大多數入籍德國的德美聯盟青年都被派到俄國前線去了。其中少數幾人參與了次要的情報工作，負責混進美軍部隊裡，可是這樣的人並不多。德國人根本不信任他們，至少我們以前的一個鄰居是這麼寫信告訴我爸爸的。那個人在信中請爸爸郵寄國際關懷組織的援助包，還說他願意不惜一切代價返回美國。我猜他們都有同樣的感受。

由於我和那些人這麼親近，又因為德美聯盟的惡搞，所以在美國參戰之後，我一直對自己的德裔出身感到彆扭。很多弟兄一定覺得我像個呆瓜，整天高談忠於國家，以及為理念而戰這類屁話。不是說其他人不相信這些，只是軍隊裡不流行講這樣的話。第二次世界大戰期間是不流行這種東西的。

現在回顧起來，我**知道**自己有多麼迂腐。我記得自己在五月八日對德戰爭結束的那一天說了什麼話。我當時說：「真是太美妙了！」

「什麼東西太美妙了？」二等兵喬治・費雪問道，一面揚起了一隻眉毛，彷彿他的問題帶有什麼深奧意涵。他一面說話，一面在鐵絲網上摩擦著背部止癢。我猜他心裡應該想著其他事情，也許是食物和香菸，說不定還想著女人。

公然和喬治說話其實不太明智。他在戰俘營裡已經沒有朋友了。如果有人想和他親近，很可能會遭到其他人排擠。那天，大家都在營區裡到處閒晃，喬治和我只是剛好在門邊遇到對方而已——當時我是這麼認為的。

德國人把他任命為營區裡美國戰俘的頭頭，他們說是因為他會說德語。無論如何，他藉此為自己爭取了不少好處。他比我們其他人都還胖，所以他心裡可能想著女人。自從我們被俘約一個月之後，就再也沒有人提過女人的話題。除了喬治以外，其他人都吃馬鈴薯吃了八個月。所以，就像我說的，在這裡，女人的話題大概就像種蘭花或彈奏齊特琴一樣熱門。

我那時候的感覺是，如果性感女神貝蒂・葛萊寶出現在我面前，說她願意任我處置，那我一定會叫她幫我做個花生醬和果醬三明治。只不過，那天來看喬治和我的不是貝蒂，而是俄軍。我們兩人當時站在戰俘營大門前的路肩上，聽著坦克在山谷中悲鳴，慢慢開向我們的所在處。

北方的大砲轟擊了一週，震得戰俘營的窗戶格格作響。現在，大砲已毫無聲息，我們的衛兵也在夜裡逃得不知去向。先前道路上偶爾見得到幾部農人的推車，現在卻滿了人群——互相推擠，踉蹌而行，高聲咒罵。所有人都想趕在俄軍到達之前，翻過山丘逃往布拉格。

即便覺得沒什麼好怕的人，也可能受到這股恐懼感染。不是只有德國人忙著逃離俄軍。舉例來說，我就記得喬治和我看到一個英軍代理下士朝著布拉格快步走去，彷彿撒旦在背後追趕著他一樣。

「快走吧，美國佬！」他吼道：「俄國佬離這裡只有幾哩了。你們可不想和他們混在一起吧，啊？」

餓得半死有一個好處，就是你只會一心想著怎麼填飽肚皮，除此之外，心無旁騖。我看那個代理下士顯然沒有餓肚子的問題。「你根本就搞錯了，英國佬，」我朝他喊了回去：「就我所知，我們和他們是同一邊的啊。」

「他們才不會問你是從哪裡來的呢，美國佬。他們見人就開槍，把殺人當遊戲。」說完之後，他轉了個彎，就此不見蹤影。

我笑了出來，但一回頭看喬治，卻不禁吃了一驚。他短胖的手指抓著頂上那一頭紅髮，雙眼瞪著俄軍即將到來的方向，一張圓臉蒼白如紙。這是我們從沒見過的景象——喬治居然害怕了。

先前，他總是一副氣定神閒的模樣，不論對我們還是德國人都一樣。他臉皮很厚，靠著一張嘴即可無往而不利。

第一次世界大戰的傳奇英雄艾文・約克也可能對他的作戰故事感到著迷。我們都來自同一師，只有喬治不是。他被帶進戰俘營的時候只有獨自一人，他說他自從攻擊發起日就在最前線作戰。我們其他人都只是菜鳥兵，上前線才不過一週，就在一場突破戰中遭到俘虜。喬治是真正打過仗的戰士，的確值得敬重。他也獲得了應有的尊重，雖然大家不喜歡他，但至少還尊重他。不過，傑瑞被殺死之後，情況就改變了。

「老兄，你敢再叫我抓扒子，我就打爛你的豬臉，」我聽到他對一個人這麼說，因為他聽到那個人在背後議論他。「你他媽的很清楚，只要你有機會，你一樣會這麼做。我只是把那些衛兵耍著玩而已。他們以為我和他們站在同一邊，就對我好一點罷了。我可沒犯到你，所以你他媽的別給我多管閒事！」

那是越獄事件後幾個星期的事情，就是傑瑞・蘇利文被殺掉之後的事。有人向衛兵密報越獄行動，至少看起來是這樣。傑瑞第一個爬出地道，但衛兵早就在柵欄外的地道口等著他了。他們不需要開槍打死他，下手卻毫不留情。也許喬治沒有向衛兵告密，但只要他不在身邊，大家談起這件事就一口咬定是他幹的。

沒有人當面指責他。別忘了，他塊頭大又健壯，後來愈來愈魁梧，脾氣也愈來愈壞，我們其他人則是愈來愈無精打采，身上的衣服也破破爛爛。

不過，就在俄軍即將抵達的此刻，喬治卻像是聞風喪膽一樣。「山姆老弟，我們到布拉格去吧。就我們兩個，這樣走起來比較快，」他說。

「你哪根筋不對啦？」我說：「我們不必逃啊，喬治。我們剛打了勝仗，你卻一副好像我們打敗了的模樣。布拉格距離這裡有六十哩耶。俄軍大概一個小時就會到了，他們可能會派卡車把我們載回美軍陣地。放輕鬆一點，喬治。你沒聽到槍聲嘛，對不對？」

「他們會殺了我們的，山姆，一定會的。何況你看起來一點也不像美國兵。他們是野人，山姆。快點，趁還有機會，快逃吧。」

對於我的服裝，他倒是說得沒錯。我身上的衣服滿是破洞和污漬，到處都是補釘，看起來實在不像美國大兵，比較像是貧民窟的流浪漢。反過來說，你大概也想像得到，喬治還是一副乾淨光鮮的模樣。衛兵不但給他食物，也給他香菸，而香菸可以在營區裡換到任何東西。他靠著香菸換得了幾套衣服，衛兵也讓他使用他們房裡的熨斗，所以他堪稱是戰俘營裡的時髦典範。

他現在玩完了。再也沒有人需要和他交換物品，而把他照顧得無微不至的那些衛兵，也都逃得無影無蹤了。也許他害怕的就是這點，而不是俄軍。「我們走吧，山姆，」他說。他在求我，但過去八個月在營區裡，他卻從來沒給我過好臉色看。

「你走吧，想走就走啊，」我說：「你又不必徵求我的同意，喬治。去吧。我要和其他弟兄們待在這裡。」

他沒有動。「你和我，山姆，我們一起行動。」他咧嘴一笑，伸手搭在我的肩膀上。

我扭開身子，走過戰俘營的操場。我們兩人唯一的相似之處就是一頭紅髮。他讓我感到不安：我猜不透他為什麼突然想和我親近。喬治這種人做什麼事一定都有目的。

他跟著我穿越操場，又把手搭在我的肩膀上。「好吧，山姆，我們待在這裡等好了。」

「我才不管你怎樣咧。」

「好啦，好啦，」他笑道：「我只是要說，既然我們還得等上一個小時，不如出去走一走，看看能不能找到些香菸和紀念品。我們都會講德語，一定會滿載而歸。」

我哈菸哈死了，他也知道。我在幾個月前用手套和他換過兩根菸，那時候天氣還很冷。後來，我就再也沒抽過菸了。喬治這番話引得我心癢難搔，想像著隔了這麼久之後，再吸第一口菸會是什麼感覺。最近的城鎮彼特斯瓦德一定找得到菸，那邊距離這裡兩哩，都是上坡路。

「怎麼樣，山姆老弟？」

我聳聳肩。「管他的，走吧。」

「這樣才對嘛。」

「你們要去哪裡？」操場上一個人喊道。

「出去看看，」喬治答道。

「一個小時就回來了，」我補上一句。

「要人陪嗎？」那人喊道。

喬治繼續往前走，沒有回答他。「人多手雜，容易壞事，」他眨眨眼。「兩個人剛剛好。」

我轉頭看他。他臉上掛著微笑，但我看得出他還是怕得要命。

「你在怕什麼啊，喬治？」

「喬治我會害怕？那太陽可要打西邊出來了。」

我們走入嘈雜的人群裡，開始爬上緩坡，走向彼特斯瓦德。

二

有時候，我只要想到在彼特斯瓦德發生的事情，就會給自己找些藉口——說我是因為醉了，因為被關了那麼久，又餓了那麼久，所以有些瘋瘋癲癲的。問題是，我做哪件事不是被逼的，不是迫不得已之下做出的行為。我那麼做是因為我自己想要那麼做。

彼特斯瓦德和我預期的不一樣。我原本以為那裡至少有一兩家商店，可以讓我們乞討或偷點香菸和吃的。不過，鎮上只有二、三十座農場，各自圍著圍牆，也各有一道十呎高的大門。農場都聚集在一壟綠色山丘上，眺望著平原，形成一片堅實的堡壘。不過，坦克與大砲既然已經撤走，彼特斯瓦德只不過是一座景色優美的尋常小鎮，而且這裡顯然也沒人有意抵禦俄軍。

到處都可看見二樓的窗戶邊飄揚著由床單綁在掃帚柄上製成的白旗，而且農場的大門都開著，代表無條件投降。

「這裡看起來不錯，」喬治說。他抓住我的手臂，拉著我走出人群，穿越我們遇到的第一座農場的大門，走進擺滿了東西的庭院。

庭院三面都圍著住家和農村建築，第四面則是圍牆和大門。從空殼倉洞開的門口和房屋的窗戶望進室內，我才首次意識到自己真正的身分——一個忐忑不安的陌生人。在前來這裡的路上，我走路談天，裝出一副自己很特別的模樣，是個與歐洲這片混亂無關的美國人，什麼都不用怕。但走進這座杳無人跡的鬼城之後，我的想法不禁改變了——

說不定我是開始對喬治感到不寒而慄。此刻說這句話可能是後見之明，我沒辦法確定。也許我內心深處**已經**開始懷疑了。我只要開口說話，他就睜大眼睛，表現出一副興致盎然的模樣。而且，他一直對我上下其手，這裡摸摸，那裡揉揉，偶爾拍打幾下。每次他講到接下來要做什麼事，總是說：「你和我，山姆老弟……」

「喂！」他大喊一聲。四周的牆壁傳來短暫回音，隨即又恢復了寂靜。他還抓著我的手臂，捏了我一下。「這樣是不是很讚呢，山姆？看來這裡只有我們兩個人了。」他把大門關上，閂上粗厚的木頭門閂。我想我那時候應該推不動大門，但喬治推起來卻似乎一點也不費力。他走回我身邊，拍掉手上的灰塵，不斷衝著我笑。

「你想幹什麼？喬治。」

「戰利品歸戰勝者所有，對不對？」他一腳踢開前門。「進去吧，老弟，自己來。喬治好兄弟已經安排好了。我們可以盡情挑我們想要的東西，不會有人來打擾我們。去幫你媽和女朋友找點好東西吧。」

「我只想抽根菸，」我說：「你可以把大門打開，我不在乎。」

喬治從他的野戰外套裡掏出一包菸。「我就是這麼夠朋友，」他笑道：「抽一根吧。」

「你身上既然有一整包菸，幹麼還叫我一路走到彼特斯瓦德來？」

他走進屋子裡。「我喜歡你陪，山姆。你應該要覺得榮幸。我們紅髮人本來就該團結在一起。」

「我們出去吧，喬治。」

「大門已經關了。沒什麼好怕的，山姆老弟，就像你說的一樣。開心一點，到廚房裡拿點東西吃吧。這就是你現在該做的事。不好好把握這個機會，你以後一定會悔不當初。」他轉過身去，拉出抽屜，把屜裡頭的東西全倒在桌上，翻查檢視了起來。他吹著口哨，旋律是一首我自從三〇年代末期以來就沒聽過的老舞曲。

我站在房間中央，深吸一口菸，只覺天旋地轉，飄飄然如在夢裡一般。我閉上眼睛。再次睜開眼睛的時候，喬治已經不再讓我感到不安了。沒什麼好怕的——剛剛那股夢魘般的恐懼感不見了。我放鬆了下來。

「住在這裡的人走得很匆忙，」喬治說，仍然背對著我。他舉起一個小瓶子。「他們忘了帶心臟病的藥。以前我媽家裡也有這種藥。」他把藥瓶擺回抽屜裡。「番木鱉鹼，德文和英文都叫『strychnine』。這種東西很奇妙，山姆——只要一點點就可以救你一命。」他把一對耳環放進身上已鼓脹起來的口袋裡。「小女孩一定會喜歡這個，」他說。

「如果她也喜歡雜貨店裡那種便宜東西的話。」

「振作一點好不好，山姆老弟？你想幹麼？破壞你好兄弟的快樂時光嗎？看在老天分上，去廚房給你自己拿點吃的吧。我等一下就過來了。」

就戰勝者掠奪戰利品來說，我的成果也還不錯——屋子後方的廚房餐桌上就擺著三片黑麵包和一塊乳酪。我拉開廚櫃抽屜，想找刀子來切乳酪，卻獲得了一個小驚喜。抽屜裡確實有我要的刀子，另外還有一把手槍，和我的拳頭差不多大，旁邊還有一只裝滿了子彈的彈匣。我拿起來把玩了一下，搞清楚操作方式，然後把彈匣裝上，看看是不是真的是這把槍的彈匣。很漂亮的一把槍，是個不錯的紀念品。我聳聳肩，打算把槍擺回去。要是被俄軍發現身上有槍，等於是自尋死路。

「山姆老弟！你跑哪去了啊？」喬治喊道。

我把槍塞進長褲口袋裡。「我在廚房裡，喬治。你怎麼樣——找到大寶石了嗎？」

「比大寶石更棒，山姆老弟。」他滿面紅光，氣喘吁吁地走進廚房。他的野戰外套塞滿了亂七八糟的東西，以致看起來更胖了。他舉起一瓶白蘭地，往桌上一放。「怎麼樣，山姆老弟？現在我們可以來開個慶功宴了吧，啊？這下你回澤西之後，可別說你的好兄弟喬治沒有給你好東西。」他拍了拍我的背。「我剛找到這瓶酒的時候，本來是滿的。可是現在只剩半瓶了，山姆——你動作有點慢喔。」

「我慢一點沒關係啦，喬治。謝啦，可是我現在餓成這個模樣，喝酒大概會害死我。」

他在一把面對著我的椅子上坐了下來，眉開眼笑。「先吃你的三明治吧，然後你就可以喝酒了。戰爭結束了，老弟！是不是該好好喝一杯啊？」

「等一下吧。」

他自己沒有再喝，只是靜靜地坐著，不知道在想什麼。我也默默嚼著麵包。

「你沒什麼胃口嗎？」過了好一陣子之後，我終於開口問他。

「沒問題啊。我的胃口好得很，今天早上才吃過。」

「謝謝你沒分給我。幹麼，衛兵送你的臨別贈禮嗎？」

他露出微笑，彷彿我剛稱讚了他高超的交易手腕一樣。「怎麼了，山姆老弟——你痛恨我嗎？」

「我有說什麼嗎？」

「不必等你說出來。你和其他人一樣。」他仰靠在椅背上，伸展了手臂。「我聽說有些人回美國後打算檢舉我通敵。你也打算這麼做嗎，山姆老弟？」他氣定神閒，一面打著呵欠。他嘴巴絲毫沒停，根本沒有給我回答的機會。「可憐的喬治完全沒有朋友，對不對？他現在真的只能靠自己了，對不對？你們其他人大概會直接搭機回家，可是軍方可能會想和喬治・費雪好好談談，對不對？」

「你在說氣話，喬治。算了吧，沒有人會——」

他站起來，一手搭在桌上穩住身體。「不，山姆老弟。我想的一點都沒錯。通敵——是叛國罪，對不對？是可以判死刑的，對吧？」

「放輕鬆點，喬治。沒人會想判你死刑。」我慢慢站起身來。

「我說，我想的一點都沒錯，山姆老弟。喬治・費雪活不了多久了。你覺得我該怎麼辦？」他拉開襯衫領子，一把扯下軍籍牌，丟在地上。「我要改名換姓，山姆老弟。這麼做聰明吧，你覺得呢？」

遠處隱隱傳來坦克車的隆隆聲，廚櫃裡的碗盤也隨著震動起來。我舉步走向門口。「我不管你怎麼做，喬治。反正我不會檢舉你，我只想平安回家。我現在要回營區去了。」

喬治擋在門前，一手搭著我的肩。他眨眨眼，咧嘴一笑。「等一下，老弟，你還沒聽我說完呢。你難道不想聽聽你的好兄弟喬治接下來要怎麼做嗎？你一定會很有興趣的唷。」

「再見，喬治。」

他沒有讓開。「最好坐下來喝一杯，山姆。鎮定一點。你和我，老弟，我們兩人都不回營區去了。那裡大家都知道喬治・費雪長什麼樣子，然後就會搞砸我的計畫，對不對？比較聰明的做法，就是等個幾天，然後再到布拉格自首，那裡沒有人認識我。」

「我說我不會檢舉你，喬治。我說不會就不會。」

「我說坐下來嘛，山姆老弟。喝一杯。」

我又暈又累，乾硬的黑麵包也逐漸讓我感到反胃。我坐了下來。

「這樣才是我的好兄弟嘛，」他說：「不會太久的，山姆，只要你能了解我的立場。我說我不要當喬治・費雪了，我要變成另一個人。」

「好啊，喬治，你高興就好。」

「問題是，我需要新的名字和軍籍牌。我喜歡你的——我可以用什麼和你換？」他的笑容消失了。他不是開玩笑，是真的要和我交易。他傾身靠在桌上，面色緋紅又冒著汗的大臉就在我眼前。他輕聲說：「怎麼樣，山姆老弟？兩百美元現金和這支表換你的軍籍牌。這樣差不多夠你買一部新的拉薩爾轎車了吧，對不對？你看這支表，山姆，在紐約值一千美元。有整點鬧鈴，還有日期——」

真奇妙，喬治居然忘記拉薩爾已經停產了。他從屁股口袋裡抽出一疊鈔票。我們被俘之後，德軍就把我們身上的錢都沒收了，但有些人把鈔票藏在衣服的內襯裡。喬治因為壟斷了香菸市場，所以德軍沒搜刮走的錢都到了他手上。供需法則——五美元買一根菸。

不過，那支表倒是出乎我意料之外。喬治先前完全沒讓人知道他有這支表。也難怪，因為這支表原本的主人就是越獄被殺的傑瑞・蘇利文。

「你在哪兒弄到傑瑞的表？喬治。」

喬治聳了聳肩。「很漂亮吧，對不對？我用一百根菸向傑瑞換來的。為了這支表，我的菸都清空了。」

「那是什麼時候的事？」

他不再露出會心的微笑，變得一副惡狠狠的模樣。「你什麼意思，問我**什麼時候**？你想知道，我就告訴你，就在他葛屁之前。」他手拂過頭髮。「你說吧，說是我害死他的。你心裡既然這麼想，就說出來吧。」

「我沒有那麼想，喬治。我只是想到你真是幸運，竟然能夠達成這筆交易。傑瑞跟我說過，這支表是他祖父的，所以他絕對不會拿來和別人換任何東西。這樣而已。我只是有點訝異他居然把表給你，」我柔聲地說。

「那有什麼用？」他怒氣沖沖。「我要怎麼證明自己和他那件事沒有關係？你們都怪罪在我身上，只因為我過得比較好。我和傑瑞可是公平交易，誰敢說不是，我就殺了他。現在我也和你公平交易，山姆。你到底要不要這筆錢和這支表？」

我回想著傑瑞越獄那天晚上，想到他爬進地道之前說的話。他說：「老天，我真希望有一根菸。」

坦克車的怒吼愈來愈響，想必已經過了戰俘營，正在往彼特斯瓦德的路上，我心想。沒有多少時間可以拖延了。「好吧，喬治，這項交易不錯。很棒，不過你變成我的時候，我該怎麼辦？」

「不怎麼辦，老弟。你只要暫時忘記自己是什麼人就好了。到布拉格自首，跟他們說你喪失了記憶。拖延一點時間，讓我來得及回到美國就好。十天，山姆老弟，十天就可以了。這樣一定行得通的，我們兩人都是紅髮，身高也一樣。」

「那他們發現我**是**山姆．克萊漢斯之後，會怎麼樣？」

「那時候我已經在美國了。他們絕對找不到我。」他開始不耐煩了。「快點嘛，山姆，到底要不要？」

這個計畫根本是異想天開，根本沒有成功的機會。我直視著喬治的雙眼，覺得他眼裡透露的，似乎也認為這個主意不管用。剛才因為酒精的作用，他也許真的以為行得通，但現在他顯然開始改變主意了。我看了看桌上的表，想起傑瑞・蘇利文死後被抬回營裡的景象。我記起來了，當時喬治也幫忙抬他的屍體。

我想到口袋裡的槍。「你去死吧，喬治，」我說。

他看起來一點也不訝異，只是把酒瓶推到我面前。「喝一杯之後再想想看，」他語氣平靜地說：「你這樣只會為我們兩人找麻煩而已。」我把酒瓶推了回去。「很麻煩，」喬治說：「我真的很想要你的軍籍牌，山姆老弟。」

我暗自戒備，但什麼都沒發生。他比我認為的還要孬種。

喬治拿起手表，用大拇指壓下旋鈕。「你聽，山姆——這支表還有整點鬧鈴呢。」我聽不到鈴聲。屋外一片吵嚷。坦克車的鋼鐵碰撞與引擎逆火的聲響震耳欲聾，還有欣喜若狂的歌唱聲，其中並混雜著手風琴的聲音。

「他們到了！」我喊道。戰爭真的結束了！我總算可以相信戰爭結束的事實了。我把喬治、傑瑞，還有那支表都拋到了九霄雲外，腦子裡滿是那片美妙的嘈雜聲。我跑到窗前。牆頭上可看到外面揚起的黑煙和塵土，大門傳來了撞門聲。「時候總算到了！」我笑道。

喬治把我從窗前往後一拉，然後把我壓在牆上。「時候總算到了，沒錯！」他說，臉上滿是恐懼。他拿著一把槍，抵在我的胸口上，然後抓住我的軍籍牌，一把扯了下來。

屋外傳來一陣尖銳的碎裂聲響，還有金屬摩擦的吱嘎聲，然後大門就迸開了。一輛坦克停在門口，引擎轟隆直響，履帶抵著被撞開的大門。喬治轉向聲音傳來的方向。這時，兩名俄國士兵從坦克砲塔上爬了出來，快步跑進庭院，輕機槍平舉在身前。他們很快地探頭逐一查看每個窗戶，並且高喊了幾句我聽不懂的話。

「他們如果看到你的槍，會殺了我們的！」我喊道。

喬治點點頭。他似乎震驚不已，彷彿在夢中一樣。「是啊，」他說，隨即把槍拋向房間的另一邊。槍枝滑過褪色的地板，掉在一個陰暗的角落裡。「手舉起來，山姆，」他說。他自己把手舉在頭上，背對著我，面向走廊，等著俄國士兵過來。「我一定是喝醉了，山姆。我剛剛瘋了，」他低聲說道。

「沒錯，喬治，你真的是瘋了。」

「我們一定要團結度過這個難關，山姆老弟，你聽到了嗎？」

「度過什麼難關？」我沒有把手舉起來。「嘿，俄國佬，你們他媽的好嗎？」我喊道。

那兩名俄國士兵都是外貌粗獷的青少年。他們踏步走進房間，輕機槍對準我們，表情都很嚴厲。「手舉起來！」其中一人以德語吼道。

「美國人，」我有氣無力地說，一面把手舉起來。

他們兩人露出驚訝的神情，然後開始輕聲商量，但眼睛仍然盯著我們。他們原本皺著眉頭，但愈談愈開心，最後終於對我們露出了笑容。我猜他們必須先彼此確認友善對待美國人是符合政策的做法。

「今天是老百姓大喜的日子，」會說德語的那個士兵莊重地說道。

「的確是大喜的日子，」我同意道：「喬治，給他們喝一杯吧。」

他們欣喜地看著那瓶酒，身體前後晃動，一面點頭，一面竊笑。他們基於禮貌，堅持要喬治先喝第一口，慶祝這個人民的大喜之日。喬治緊張地笑著，酒瓶才舉到唇邊，卻突然從他手中滑了下來，碰的一聲掉在地上，濺得我們滿腳都是。

「老天，真抱歉，」喬治說。

我俯身去撿，俄國士兵卻阻止了我。「伏特加比那德國毒酒好多了，」那個會說德語的俄國士兵嚴肅地說，一面從上衣裡抽出了一個大瓶子。「敬羅斯福！」他說，隨即喝了一大口，然後把瓶子遞給喬治。

我們喝了四輪：敬羅斯福、史達林、邱吉爾，也祝希特勒在地獄裡烈焰焚身。最後一次敬酒是我的主意。「祝他文火慢烤，」我又加上一句。俄國士兵覺得很好笑。不過，這時大門前突然出現一名軍官，吼著要他們過去，他們隨即收起笑容，匆匆向我們行了個禮，抓起酒瓶就衝出了屋外。

我們看著他們爬進車裡，然後坦克倒車出了大門，緩緩開走。他們兩人朝著我們揮手。喝了那幾口伏特加，我只覺得渾身鬆軟，又溫暖又舒服。不僅如此，我還變得高傲又嗜血。喬治喝得幾乎爛醉，身體搖搖晃晃。

「我不知道我剛剛在幹麼，山姆老弟。我只是——」他話只說了一半只見他舉步往手槍所在的那個角落走去，身體左搖右晃，瞇著眼睛，一臉陰沉。

我擋在他面前，從褲子口袋裡掏出那把小槍。「你看我找到了什麼，喬治。」他停下腳步，眨了眨眼。「看起來不錯啊，山姆。」他伸出手。「給我看看。」

我拉開保險。「坐下，喬治，老朋友。」

他在我剛剛坐過的那張椅子上坐了下來。「我不懂，」他喃喃說道：「你不會對自己的好兄弟開槍吧，對不對，山姆老弟？」他露出哀求的目光。「我和你是公正交易，對不對？我不是一直都——」

「你應該不至於笨到以為我會把軍籍牌拱手讓給你吧，啊？我不是你的好兄弟，你也知道，對不對，喬治？你的計謀要成功，除非是我死了。你不就是這麼想的嗎？」

「自從傑瑞葛屁之後，就沒人給過老喬治好臉色看。我向老天爺發誓，山姆老弟，我絕對沒有——」他話沒說完，只搖了搖頭，然後嘆了一口氣。

「老喬治真可憐，就連剛剛有機會殺我的時候都沒膽量下手。」我撿起他掉在地上的酒瓶，擺在他面前。「你現在需要的就是好好喝點酒。看到了嗎，喬治，還有三杯的量。酒沒有全部流光，難道你不開心嗎？」

「我不喝了，山姆老弟。」他閉上眼睛。「把槍放下好嗎？我從沒想過要傷害你。」

「我說喝點酒。」他沒有動。我在餐桌對面坐了下來，槍口仍然對著他。「表拿來，喬治。」

他似乎突然醒了過來。「你要的是表嗎？當然啦，山姆，拿去，這樣我們就扯平了。我該怎麼跟你解釋我喝醉之後的狀況？我就是會失控啊，老弟。」他把傑瑞的表遞給了我。

「拿去吧，山姆。老喬治剛剛這麼對你，的確是應該對你有些補償。」

我把手表的時間定在中午，然後壓下了旋鈕。小鬧鈴響了十二聲，每秒兩聲。

「這在紐約值一千美元哪，山姆老弟，」喬治在鬧鈴聲中口齒不清地說著。

「你只有這麼長的時間可以喝酒，喬治，」我說：「就是鬧鈴響十二聲的時間。」

「我不懂。你想幹麼？」

我把表放在桌上。「就像你說的，喬治，番木鱉鹼很奇妙，只要一點點就可以救你一命。」我又壓了一下表上的旋鈕。「向傑瑞・蘇利文敬酒吧，兄弟。」

鬧鈴再次響了起來。八……九……十……十一……十二。房間裡一片靜默。

「好啦，我沒喝，」喬治說，咧嘴笑著。「那現在你想怎麼樣呢，小童軍？」

三

剛開始述說這個故事的時候，我說過我認為這是一個謀殺故事。我現在卻不太確定。我後來回到了美軍陣地，回報說喬治在壕溝裡撿到一把槍，結果不小心誤殺了自己。我簽了一份口供，發誓實際的情形確實就是這樣。

管他的。反正他死了，就是這樣，對不對？我如果坦承是我殺了喬治，對誰有好處呢？我的靈魂會因此得到救贖嗎？還是喬治的靈魂得以安息？

不過，軍方情報單位很快就發現我的說詞頗為可疑。所有準備遣送回國的戰俘都在法國勒阿弗爾附近的鴻運營區等著搭船回家，而我就在那裡被叫進了情報單位的帳篷裡。我在那個營區已經待了兩個禮拜，預計第二天下午可以上船。

一個灰頭髮的少校負責問我問題。他拿著我的口供，對壕溝裡撿到手槍那段說詞絲毫不感興趣。他一直問我喬治在戰俘營裡的行為表現，也想知道他究竟長得什麼模樣。他把我說的一切都記錄下來。

「你確定名字沒錯嗎？」他問我。

「報告長官，沒錯。軍籍號碼也沒錯。我這裡有他的一塊軍籍牌，長官。我把另一塊留在他的屍體上。很抱歉，長官，我本來早就想交出來的。」

少校看了看軍籍牌，然後和口供釘在一起，收在一本厚厚的檔案夾裡。我看到檔案夾外面寫著喬治的名字。「我不知道接下來該怎麼辦，」他說，手指玩弄著檔案夾上的繩子。「真是個不簡單的傢伙，喬治・費雪。」他遞給我一根香菸。我接了過來，但沒有立即點上。

完了。天知道他們是怎麼辦到的，可是他們一定知道真相了，我心想。我想高聲尖叫，但還是維持著臉上的微笑，只是暗中緊咬牙根。

等了好一陣子，少校總算開口了。「這軍籍牌是假的，」他微微一笑。「美國陸軍沒有叫這個名字的失蹤人員。」他傾身向前，幫我點了菸。「也許我們該把這份檔案交給德國人，讓他們通知他的親人。」

喬治・費雪在八個月前單獨被帶進了戰俘營。在那之前我從沒見過他，可是我該認得出他那種人。我小時候也認識幾個像他一樣的孩子。他一定是個表現優良的納粹黨員，才進得了德國的情報單位。就像我說的，大多數的德美聯盟青年都不像他表現得那麼好。我不知道他們有多少人在戰後順利回到了美國，可是我的好兄弟喬治・費雪差一點點就成功了。

MY IDEA OF
A REAL
MAN'S MAN
IS A GUY
WHO KNOWS
GUN SAFETY.
1/13

在我心目中，懂得槍枝安全的人才是真正的男子漢。

指揮官的辦公桌

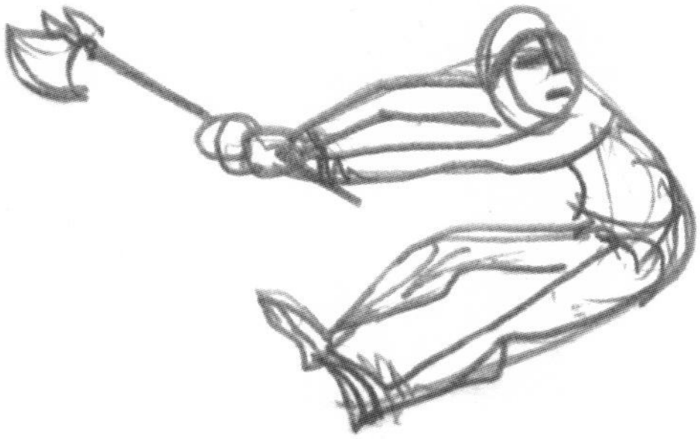

我坐在窗前。這裡是位於貝達這個捷克斯洛伐克小鎮的廚櫃作坊。我守寡的女兒瑪塔幫我拉起窗簾，和我一起從窗戶的一角看著外面的美軍，並且刻意把頭偏向旁邊，以免擋住我的視線。

「真希望他能轉向這邊，讓我們看到他的臉，」我不耐煩地說：「瑪塔，再把窗簾往上拉一點。」

「他是將軍嗎？」瑪塔問。

「將軍來當貝達的指揮官？」我笑了出來。「頂多是個下士吧。他們看起來都很營養充足，對不對？啊，他們可會吃了——他們真是太會吃了！」我撫摸著黑貓的背。「小貓咪，你現在只要過街去，就可以嚐到你這輩子第一口美國奶油了。」我把手舉到頭上。「瑪塔！你有沒有感覺到，有沒有**感覺**到？俄軍已經走了，瑪塔，他們已經走了！」

現在，我們只想看看那個美軍指揮官的臉。他正要搬進對街的樓房——那裡在幾個禮拜前還是俄軍指揮官的住所。美國人走進樓房裡，把垃圾和毀壞的家具踢到一旁。一時之間，窗外已經看不到什麼東西了。我靠回椅背，閉上眼睛。

「結束了，殺戮已經結束了，」我說：「我們還活著。你原本覺得我們有可能活下來嗎？有哪個腦筋正常的人會認為自己能夠活著看到戰爭結束？」

「我覺得活著好像是種羞恥一樣，」她說。

「世人可能會有很長很長一段時間都這麼覺得。不過，你至少可以感謝上天沒有讓你雙手染血。身為無助的中立者就有這樣的好處。想想看美國人必須擔負的罪孽——莫斯科轟炸死了十萬人，基輔死了五萬人——」

「俄國人的罪孽呢？」她熱切地說。

「沒有，俄國人沒有罪孽。這就是戰敗的一個優點。你向戰勝者投降，把首都拱手讓給對方，同時奉送罪孽，然後加入無辜小民的行列。」

貓咪以側腹摩擦著我的木腿，嗚嗚叫著。我想，裝了木腿的人一定都會盡力掩藏。我在一九一六年擔任奧國步兵的時候喪失了左腿，後來我就刻意把左邊的褲管捲起來，向人炫耀我在第一次世界大戰結束後自己製作的橡木義足，讓別人看看我的義足有多麼精美。我在義足上雕刻了法國總理克里蒙梭、英國首相勞合・喬治，還有美國總統威爾遜的肖像，因為他們在一九一九年協助捷克共和國從奧匈帝國解體後的廢墟中獨立成國，當時我二十五歲。在這三人的肖像底下，還有另外兩個肖像，各自都裝飾著花環。這兩個肖像分別是捷克前兩任總統馬薩里克和貝奈斯。其實還有其他人的肖像也應該刻上去。現在，和平總算再度降臨，說不定我就能夠完成這份工作了。過去三十年間，我在義足上只刻過一個粗糙模糊的東西，而且恐怕有些野蠻。一九四三年，納粹占領期間，我在一天夜裡把一部德軍車輛推下山崖，裡面有三名德國軍官。事後我在義足末端的鐵皮旁邊刻了三道刻痕，以茲紀念。

對街的那些人不是我第一次看到的美國人。共和國期間，我在布拉格開了一間家具工廠，常和美國百貨公司的採購人員做生意。納粹來了之後，我保不住工廠，所以就搬到貝達這座位於蘇台德山丘上的寧靜小鎮。我太太在我們搬家後不久就去世了，而且是自然死亡，在當時可說是最罕見的死因。在那之後，我身邊就只剩下唯一的女兒瑪塔。

現在，感謝上帝，我總算又看到了美國人。經過納粹、二次世界大戰的俄軍、捷克共產黨人、然後俄國人又來了一次，現在總算又看到了美國人。期待這一天的到來，是我活下去的動力。我在工作坊的地板下藏了一瓶威士忌，好幾次都差點忍不住要拿出來喝。不過，總算還是克制住了。我留下這瓶酒，就是要等美國人來了之後，當作送給他們的禮物。

「他們出來了，」瑪塔說。

我睜開眼睛，看到一個身材結實的紅髮美軍少校站在對街，雙手扠腰，眼睛盯著我看。他看起來又累又煩。接著又有一個年輕人從樓房裡走了出來，站在他身邊。那名年輕人是個上尉，身材高大，動作緩慢，除了身高以外，看起來就像是義大利人。

我也許不夠聰明，竟然朝著他們眨眼。「他們過來了！」我說，又興奮又無助。

少校和上尉走了進來，兩人都看著一本藍色冊子，我猜裡面大概都是捷克語句。身材高大的上尉看起來有些彆扭，紅髮少校給我的感覺則是脾氣有點暴躁。

上尉的手指沿著冊子的頁面往下滑動，沮喪地搖著頭。「『機關槍，迫擊砲，機車……

坦克，止血帶，壕溝。』找不到檔案櫃、辦公桌或椅子的詞彙。」

「不然你想怎樣？」少校說：「這本冊子是給軍人用的，又不是給娘娘腔的辦事員。」他皺起眉頭，盯著手上的冊子，說了一串我完全聽不懂的話，然後充滿期待地望著我。「好一本了不起的書，」他說：「裡面說只要講這句話就可以請人幫我們找翻譯師，可是這老頭兒根本聽不懂嘛。」

「兩位先生，我會說英語，」我說：「我女兒瑪塔也會。」

「老天，他真的會欸，」少校說：「好樣的，老爹。」他說話的語氣，讓我覺得自己好像是隻剛幫他把一顆橡膠球撿回來的小狗一樣。

我伸出手，向少校說了我的名字。他滿不在乎地看著我的手，兩手還是插在口袋裡。我覺得自己的臉脹紅了起來。

「我是保羅・多尼尼上尉，」另一人趕緊說道：「這位是勞森・伊凡斯少校。」他和我握了手。「先生，」他的聲音低沉，充滿慈愛。「俄國人——」

少校插嘴罵了一句，用的字眼教我目瞪口呆。瑪塔聽軍人講話雖然已經聽了大半輩子，還是吃了一驚。

多尼尼上尉一臉尷尬。「他們什麼東西都沒留下來，」他接著說：「我想問你，是不是能夠讓我們從你的工作坊裡拿幾件家具？」

「我本來就想請你們來拿，」我說：「他們居然把所有東西都搗毀了，實在很糟糕。他們當初可是徵收了貝達最漂亮的家具哪。」我微微一笑，搖了搖頭。「唉，那些資本主義的敵人——他們自己的住處卻裝潢得像一座小凡爾賽宮一樣。」

「我們看到了殘跡，」上尉說。

「他們一旦不再能夠擁有那些珍寶，也不肯留給別人。」我做出揮動斧頭的動作。「於是，世界也就因此變得乏味不少。那些珍寶也許只是資產階級的珍寶，可是一般人雖然買不起漂亮的東西，卻也喜歡知道有這種東西存在。」

上尉欣喜地點頭，但令我訝異的是，伊凡斯少校卻似乎對我這番話感到惱怒。

「不管怎麼樣，」我說：「你們需要什麼就拿吧。幫助你們是我的榮幸。」不知道現在是不是拿出威士忌的適當時機，我心裡納悶著。事情的發展和我原本的預期不太一樣。

「這老爹真是聰明啊，」少校挖苦道。

我突然意會到了少校話裡的含意。我深感震驚。他的意思是說我也是敵人的一員。他認為我是因為害怕才和他們合作，他也正是要讓我感到害怕。

突然間，我只覺得一陣反胃。年輕的時候，我對基督教的信仰比較虔誠，那時候我常說，仰賴恐懼成事的人，不僅病態又可悲，而且一定孤獨得很。後來，見過軍隊裡不計其數的這種人之後，我發現自己才是屬於孤獨的那種人，說不定也病態又可悲，可是我寧可舉槍自盡，也不肯承認這一點。

我對這位新任指揮官的看法一定錯了。我告訴自己，我一定是心存懷疑和恐懼太久了——我年歲已老，可以承認這一點了。不過，瑪塔也感受到了空氣中那股威脅和恐懼，我察覺得出來。她把內心的熱情隱藏起來，擺出拘謹呆滯的表情，就和過去這許多年來一樣。

「是的，」我說：「你們可以盡量拿你們需要的東西。」

少校走到工作坊後方，推開小房間的門。那裡是我睡覺和工作的地方。我不想再用熱臉去貼冷屁股，於是坐回了窗邊的椅子上。多尼尼上尉渾身不自在地待在瑪塔和我身邊。

「這裡山中的景色很美，」他勉強說道。

我們陷入一陣尷尬的靜默裡，唯一的聲音就是少校在小房間裡翻找物品的聲響。我仔細看了看這名上尉，注意到他看起來比少校孩子氣得多，但他們兩人的年紀很可能一樣。我很難想像這名上尉在戰場上的模樣。至於那名少校，則是很難想像他不在戰場上的模樣。

我聽到伊凡斯少校低聲吹了個口哨，可見他已經找到了指揮官的辦公桌。

「少校一定很勇敢。他身上的勛章好多，」瑪塔終於開了口。

多尼尼上尉似乎極為感激瑪塔給他機會為自己的長官辯解。「他確實非常勇敢，」他熱切地說。他說少校和貝達這裡大多數的士兵，都來自一支顯然相當著名的裝甲師，他們從來不知恐懼和疲累為何物，最喜歡的事情就是痛快地打仗。

我嘖嘖稱奇。我每次聽到這樣的部隊，就會有這樣的反應。我在美國軍官、德國軍官、俄國軍官口中都聽過這種部隊的故事；我在第一次世界大戰期間的長官也嚴正聲稱我所屬的就是這種部隊。如果有個阿兵哥告訴我這樣的故事，也許我就會相信他了，但前提是他頭腦清醒，而且真的經歷過槍林彈雨。如果真有這種熱愛打仗的部隊，也許該在和平時期把他們用乾冰保存起來。

上尉仍然講述著伊凡斯少校浴血奮戰、雷霆萬鈞的事蹟，瑪塔卻找了空檔插嘴問道：「那你呢？」

他微微一笑。「我才剛到歐洲而已，根本——希望你不介意我這麼說——連自己的屁股擺在哪裡都搞不清楚。我現在都還聞得到喬治亞州班寧堡的氣息。少校才是真正的英雄。他已經連續打了三年的仗。」

「沒想到最後會淪落到這裡，當個治安官兼縣府職員兼哭牆的職務，」伊凡斯少校站在小房間的門口說道。「老爹，我要這張桌子。你本來是要做給自己用的嗎？」

「我要那樣的桌子幹什麼？我本來是幫俄軍指揮官做的。」

「你的好朋友，啊？」

我想微笑，但我猜大概笑得不太自然。「我如果拒絕幫忙，現在大概就不會在這裡和你說話了。我當初如果不肯幫納粹的指揮官做一張床，也不會有機會和俄軍指揮官說話。那張床的床頭板上還刻有納粹黨徽和納粹黨歌第一小節的圖案呢。」

上尉和我一起露出了微笑，但少校沒有。「這傢伙和別人不一樣，」少校說：「他直接就承認自己通敵了。」

「我沒那麼說，」我的語氣很平靜。

「不要辯解，不要辯解，」伊凡斯少校說：「你這種不同的做法很讓人耳目一新。」

瑪塔突然跑到樓上去。

「我沒有通敵，」我說。

「當然，當然——我敢說你一定誓死抵抗，抵死不從。我知道，我知道。過來這裡一下好嗎？我要和你談談我的桌子。」

他坐在那張還沒做好的桌子上。那張桌子很大，而且在我看來實在醜陋無比。我當初這麼設計，其實是故意諷刺俄軍指揮官對財富象徵的低俗品味和虛偽造作。我盡可能做得華麗浮誇，就像俄國農夫夢想中華爾街銀行家的辦公桌。我在表面嵌入了閃閃發亮的彩色玻璃，有如珠寶，還用暖爐漆凸顯這些玻璃的效果，看起來像是鍍金一樣。現在，看來我是不能把我的諷刺意圖說出來了，因為美軍指揮官顯然和俄軍指揮官一樣喜歡這張桌子。

「這才叫家具嘛，」伊凡斯少校說。

「很漂亮，」多尼尼上尉心不在焉地說。他眼睛望著樓上，看著剛剛瑪塔跑上去的地方。

「只有一個問題，老爹。」

「錘子和鐮刀的圖案，我知道。我本來要——」

「沒錯，」少校說。他腿往後一抬，然後在那個飾牌的邊緣狠狠踢了一腳。圓形的飾牌脫落下來，歪歪斜斜地滾到角落裡，轉了幾圈才啪的一聲倒下，面朝地板。貓咪過去嗅了嗅，又滿臉狐疑地退開了。

「這裡要弄個老鷹，老爹。」少校脫下帽子，讓我看帽徽上的美國老鷹圖案。「像這樣。」

「圖案不太容易雕刻，要花一點時間，」我說。

「不像納粹黨徽還有錘子和鐮刀那麼簡單，嗯？」

過去好幾個禮拜，我一直夢想著和美國人一起分享這張桌子的笑話，跟他們說我幫俄軍指揮官做了一個祕密抽屜，那是最好笑的部分。然而，現在美國人來了，我的感覺卻和先前差不多——只覺得沮喪、失落又孤獨。除了瑪塔之外，我不想和任何人分享任何東西。

「沒錯，」我回答了少校那個暗藏惡意的問題。「沒那麼簡單，長官。」不然我還能說什麼呢？

我那瓶威士忌還是藏在地板下，辦公桌裡的祕密抽屜仍然保持祕密。

美軍在貝達的駐軍差不多一百人，除了多尼尼上尉之外，幾乎所有人都是有多年征戰經驗的老兵，而且都和伊凡斯少校來自同一支裝甲師。他們表現得像征服者一樣，伊凡斯少校也鼓勵他們採取這樣的態度。我原本對美國人的來臨抱持了很高的期望，以為瑪塔和我可以從此重拾自尊與尊嚴，以為美軍會帶來些許繁榮，讓我們吃點好東西，也以為瑪塔能夠從此擁有值得活下去的美好人生。然而，新任指揮官伊凡斯少校對我們卻老是擺出一副恃強凌弱且毫不信任的態度，他的百名部屬也和他一樣。

在戰禍連年的夢魘世界裡，百姓需要有特殊的技巧才能活下去。其中一項技巧就是了解占領軍的心態。俄軍和納粹不一樣，美軍又與這兩者大為不同。美軍不像俄軍或納粹那樣，會對人施予肉體上的暴力，不會恣意射殺或刑求百姓，感謝上天。美軍最奇特的地方，在於他們只有在喝醉之後，才會鬧出真正的麻煩。不幸的是，伊凡斯少校完全不約束部屬的喝酒行為。他們一旦喝醉，就喜歡偷東西（他們聲稱自己是在採購紀念品）、開著吉普車在街上狂飆、對空鳴槍、大罵髒話、向人挑釁，並且到處打破民宅的窗戶。

不論發生什麼事，貝達的居民早已習慣保持沉默和低調，所以我們花了好一陣子才發現美軍和其他軍隊的基本差異。美軍的凶悍冷血其實只是表面上的姿態而已，他們內心其實充滿了不安。我們發現，只要有女人或長輩挺身而出，像父母一樣斥責他們的行為，他們就會對自己的所作所為感到羞愧。只要一遇到這樣的狀況，他們大多數人就會像是被當頭澆了一盆冷水，馬上恢復理智。

一旦了解這群征服者的特性，我們就可以把狀況變得比較能夠忍受，可是改變的幅度也不大。我們深感沮喪，因為美軍竟然把我們視同俄軍，把我們當成敵人，而且少校也迫不及待想要懲罰我們。鎮民全被組織成一支支的勞動隊伍，在武裝衛兵的看守下從事勞役，就像戰俘一樣。這些勞役最令人難以忍受的地方，就是我們的工作不在於修復城鎮在戰爭期間遭到的損壞，而是讓美軍的營地更為舒適，並且建造一座巨大又醜陋的紀念碑，紀念在貝達之役中喪生的美軍官兵。那場戰役中有四人喪生。伊凡斯少校把城鎮裡的氣氛搞得像監獄一樣。羞辱是家常便飯，任何自尊或希望則是一冒出頭就隨即被掐熄。我們沒有資格擁有自尊和希望。

唯一讓人欣慰的是多尼尼上尉，因為他比我們這些居民更不快樂。他必須負責執行少校的命令，而他雖然也試過喝醉酒，卻不像別人那樣能夠因此擺脫道德的束縛。他執行命令的勉強態度，我敢說一定足以讓他遭到軍法審判。除此之外，他和瑪塔還有我相處的時間不下於他與少校相處的時間，而且他對我們說的話，大多是對他自己不得不做的事情委婉致歉。說來奇怪，瑪塔和我竟然必須安慰這個悲傷黝黑的巨人，而不是他來安慰我們。

我站在小房間的工作檯前，一面想著少校，一面為他的辦公桌刻上美國老鷹的圖案。瑪塔躺在我的小床上，盯著天花板。她的鞋子沾滿石粉，因為她一整天都在建造那座紀念碑。

「好吧，」我陰鬱地說：「如果我打了三年的仗，對人大概也不會多友善。面對現實吧。不論我們願不願意，我們畢竟為美軍的敵人提供了許多人力和物資，協助他們殺害了好幾十萬的美軍官兵。」我指向西方的山嶽。「你看，俄國人就是在那裡開採鈾礦的。」

「以眼還眼，以牙還牙，」瑪塔說：「這樣冤冤相報到底要到什麼時候？」

我嘆了一口氣，搖了搖頭。「天知道捷克人已經連本帶利還了這筆債。以手還手，以腳還腳，以廢墟還廢墟，以傷口還傷口，以鞭打還鞭打。」我們的年輕人幾乎都在戰場上送了命，包括瑪塔的丈夫在內。當初俄軍先逼迫我們的年輕人發動自殺攻擊，然後主力才跟在後面。此外，我們最大的城市也都已經被夷為平地。

「我們還了債，換來的卻是另一個人民委員。他們和其他人根本沒什麼不同，」她咬牙切齒地說著：「我們先前的期待實在太幼稚了。」

我先前給了她太高的期望，以致她現在深感失望，進而落入冷漠與絕望之中——慈愛的天父，我受不了這樣的狀況！而且，再也不會有人來解放我們了。現在世界上唯一的力量就在美國，還有身在貝達的這些美國人。

我無精打采地繼續雕刻那隻美國老鷹。上尉給了我一張一美元的鈔票，讓我模仿上面的圖案。「我看看——九、十、十一、十二、十三，爪子裡共有十三枝箭。」

門外傳來一陣怯怯的敲門聲，多尼尼上尉走了進來。「請原諒我，」他說。

「我們也只能原諒你了，」我說：「你們打贏了戰爭。」

「我恐怕沒什麼功勞。」

「少校把敵人都殺光了，所以上尉根本沒機會開槍，」瑪塔說。

「你的窗戶怎麼了？」上尉問。

地板上滿是碎玻璃，窗戶上貼了一張硬紙板。「昨晚被一個啤酒瓶給解放了，」我說：「我寫了一張短箋給少校，說不定會因此被砍頭。」

「你在刻什麼？」

「一隻老鷹，一隻腳爪抓著十三枝箭，另一隻腳爪抓著一根橄欖枝。」

「這樣算不錯了，要不然你現在可能要忙著粉刷岩石。就是因為這張桌子，你才沒有被列入勞役名單裡。」

「我看到了那些粉刷岩石的人，」我說：「岩石刷白之後，貝達看起來比戰前好多了。不知道的人一定看不出貝達被砲擊過。」少校下令用刷白的石頭在他的草坪上排出一段振奮人心的文字：一四〇二憲兵連，少校連長勞森・伊凡斯。花圃和走道邊緣也都排上了刷白的石頭。

「他其實不是壞人，」上尉說：「他竟然能夠安然度過那一切，實在可以說是奇蹟。」

「我們任何一個人能夠安然活到現在，都稱得上是奇蹟，」瑪塔說。

「沒錯，我了解。我知道你們經歷了一段很艱困的時光，可是，呃，少校也是啊。他的家人都在芝加哥轟炸中喪生了，包括他的太太和三個孩子。」

「我丈夫也在戰爭中喪生了，」瑪塔說。

「所以你的意思是說，我們都是在為少校失去家人而贖罪嗎？他難道認為我們希望他的家人喪生嗎？」我說。

他靠在工作檯邊，閉上了眼睛。「去他媽的，我不知道，我不知道。我以為這樣說可以幫助你們了解他，讓你們不要恨他。不過，什麼事情都沒有道理，什麼事情都沒有幫助。」

「你以為你能幫得上忙嗎，上尉？」瑪塔問。

「在我到這裡之前——沒錯，我以為自己能幫上忙。現在我知道你們需要的不是我，而且我也不知道你們需要的是什麼。我同情每一個人，他媽的，也可以了解每個人為什麼會變成現在這個模樣——包括你們兩人，這座鎮裡的所有人，還有少校和他手下的阿兵哥。如果我中過彈，或者被敵人拿著火焰噴射器追殺過，也許會比較有男子氣概吧。」

「並且像其他人一樣憎恨全世界，」瑪塔說。

「沒錯，也能夠像大家一樣因為憎恨而對自己充滿自信。」

「不是自信，是**麻木**，」我說。

「麻木，」他重複了我的話。「每個人都有麻木的理由。」

「那是最後一道防線，」瑪塔說：「不是麻木，就是自殺。」

「瑪塔！」我驚呼道。

「你知道實際上就是這樣，」她的語氣平淡。「如果在歐洲各地的街角設置毒氣室，排隊的人潮一定比麵包店還多。這一切憎恨什麼時候才會結束？永遠不會。」

「瑪塔，看在老天分上，我不准你講這種話，」我說。

「伊凡斯少校說的話也和你一樣，」多尼尼上尉說：「只是他說他想繼續打仗。有一兩次，他曾在喝醉的時候說他希望自己能夠死在戰場上，希望他不必回家。他在戰場上冒了許多險，卻總是毫髮無傷。」

「可憐的傢伙，」瑪塔說：「戰爭結束了。」

「現在還是有游擊戰——其中很多都集中在列寧格勒附近。他已經申請轉調到那裡，以便參與那裡的戰事。」他低下頭，張手放在膝蓋上。「不過，我過來其實是要告訴你們，少校明天就要他的辦公桌了。」

門突然推了開來，少校大步踏進工作坊裡。「上尉，你死到哪裡去啦？我給你的差使只要五分鐘就可以完成，你怎麼半小時了都還沒回來？」

多尼尼上尉隨即立正站好。「抱歉，長官。」

「你知道我不喜歡我的部屬和敵人親近。」

「是，長官。」

他轉向我。「你的窗戶又是怎麼回事？」

「昨晚被你的手下打破了。」

「那可真糟糕啊，是不是？」又是那種教人無從回答的問題。「我問你啊，老爹，這樣是不是太糟糕啦？」

「是，長官。」

「老爹，我要告訴你一件事，你最好給我聽清楚。然後，我要你把這件事轉達給鎮裡的每一個人知道。」

「是，長官。」

「你們輸掉了這場戰爭，懂嗎？我到這裡來，不是要讓你或者任何人趴在我的肩膀上哭泣，而是要確認所有人都他媽的了解你們輸掉了這場戰爭，確認不會有人惹麻煩。這就是我到這裡來的目的。再有人敢說他是因為不得已才和俄國人稱兄道弟，我一定把他打得滿地找牙。再有人敢跟我說他吃了很多苦頭，我也會給他同樣的待遇。你們吃的苦頭還差得遠呢。」

「是，長官。」

「這是你的歐洲，」瑪塔平靜地說。

他惡狠狠地轉向她。「如果這是我的歐洲，小姐，我就會叫工兵開推土機把這整個爛地方壓成平地。你們這裡什麼都沒有，就只有一堆孬種，只會呆呆地被獨裁者牽著鼻子走。」

就和他們剛到的第一天一樣，我又不禁注意到他看起來有多麼疲累又煩亂。

「長官——」上尉開了口。

「閉嘴。我一路打到這裡來，不是要讓鷹級童軍接手的。我的桌子呢？」

「老鷹快要刻好了。」

「我看看。」我把飾牌遞給他。他輕輕咒罵了一聲，然後伸手摸了摸帽子上的標誌。

「像這個，」他說：「我要你刻得跟這個一模一樣。」

我眨了眨眼，盯著他帽子上的標誌。「是一模一樣啊，我完全照著鈔票上面的圖案刻的。」

「那些箭啊，老爹！箭是在哪一隻爪子裡面？」

「喔，你帽子上的是在右爪，鈔票上的在左爪。」

「天差地遠哪，老爹：一個代表軍方，一個代表平民。」他抬起膝蓋，啪的一聲把飾牌折成兩半。「再刻一遍。你當初那麼急著取悅俄軍指揮官，現在你就好好取悅我吧！」

「我可以說話嗎？」我說。

「不行。我只要聽你說我明天拿得到桌子。」

「可是刻那個圖案需要幾天的時間。」

「那你今晚就不要睡。」

「是，長官。」

他走了出去，上尉跟在他身後。

「你剛剛想對他說什麼？」瑪塔問，臉上掛著會心的微笑。

「我本來要告訴他，捷克人也竭力抵抗他所憎恨的歐洲，奮戰的時間和付出的努力都不比他少。我本來要告訴他——唉，又有什麼用呢？」

「繼續說。」

「你已經聽過幾千次了，瑪塔。這種故事大家都聽膩了。我想對他說我奮力對抗了哈布斯堡王朝和納粹黨，後來對抗了捷克共產黨，接著又對抗俄國人。我的力量雖然微不足道，但我還是努力對抗他們。我從來不曾和獨裁者站在同一邊，也永遠不可能這麼做。」

「最好趕快刻那隻老鷹。別忘了，箭是握在右爪。」

「瑪塔，你沒喝過威士忌，對不對？」我用鐵鎚的拔釘爪撬起地板上的木條。我為了夢想中的美好日子而特地保留下來的那瓶威士忌就擺在底下。

那瓶酒很好喝，我們兩人都喝得醉醺醺的。我一面雕刻，一面和瑪塔一同沉浸在往日的回憶裡。一時之間，只覺得她媽媽好像還活著，瑪塔也回復成當初那個年輕漂亮、無憂無慮的女孩，我們回到了布拉格的家，身邊圍繞著親友……老天，在那個短暫的時刻裡，我們還真是快活。

瑪塔躺在床上睡著了。我一面哼著歌，一面刻著那隻美國老鷹。我刻得很粗糙，只是為了應付交件時間，但我用油灰和假鍍金漆把缺點掩飾起來。

天亮前幾個小時，我把飾牌黏上桌子，用鉗子緊緊夾住，然後趴下來睡了一會兒。這張桌子已經可以交給新任指揮官了，只不過桌子上的標誌是我特地為俄國人設計的。

他們一早就來搬桌子，總共來了六、七個士兵，多尼尼上尉也來了。他們像抬棺一樣扛起桌子，桌子在他們肩上看起來也有如某個東方君王的棺木。少校在門口監看著他們，只要發現這件寶物快要撞到門框，就會吼著要他們注意。門關了起來，衛兵又站回門邊，沒什麼可以看的了。

我走進我的工作室裡，撥掉工作檯上的木屑，提筆寫一封信，給捷克貝達一四〇二憲兵連的勞森•伊凡斯少校。我寫道：

長官您好，我忘了向您報告辦公桌的一項功能。您如果注意老鷹底下的部位，就會發現……

我本來打算馬上把信送到對街，但是卻遲疑了一會兒。我把內容又讀了一遍，不禁覺得有些反胃。這封信如果按照原本的計畫寫給俄軍指揮官，我一定不會有這種感覺。我雖然已經好幾年沒有吃飽過，卻因為想著那封信而胃口倒盡，午餐連一口都沒吃。瑪塔平常只要看到我沒有好好照顧自己，就會把我責備一頓，可是今天她卻沉浸在自己的沮喪當中，完全沒有注意到我有什麼不同。我盤裡的食物動都沒動，她收盤子時卻什麼話也沒說。

傍晚，我把最後僅剩的一點威士忌喝完，然後走到對街。我把信封交給衛兵。

「又要抱怨你那個窗戶了嗎，老爹？」衛兵說。我窗戶被打破的事情顯然已成了他們茶餘飯後的笑話。

「不是，這是另一件事。和桌子有關。」

「好吧，老爹。」

「謝謝。」

我回到工作坊裡，在小床上躺下來等待。我甚至還小睡了一會兒。

瑪塔把我叫了起來。

「好吧，我準備好了，」我喃喃說道。

「準備好什麼？」

「叫那些阿兵哥進來吧。」

「不是阿兵哥，是少校。他要走了。」

「他要什麼？」我隨即坐起身來。

「他把行李都搬上吉普車了。伊凡斯少校要離開貝達了！」

我衝到窗前，拉開硬紙板。伊凡斯少校坐在吉普車後座，身旁堆滿了粗呢布袋，還有一個睡袋和其他器材。看他的模樣，還以為有什麼敵軍開往貝達來了。他頭戴鋼盔，怒目圓睜，身旁擺著一把卡賓槍，腰間束著子彈帶、還帶著一把短刀和一把手槍。

「他請調成功了，」我訝異地說。

「他要去打游擊了，」瑪塔笑道。

「上天保佑他們。」

吉普車發動了。伊凡斯少校揮揮手，就跟著吉普車駛向了遠方。我看到他的最後一眼，是在吉普車開到鎮郊的山丘頂端。他做了個不屑的鬼臉，隨即消失在山丘後方。

多尼尼上尉站在對街。他注意到我在看他，於是向我點了點頭。

「新任指揮官是誰？」我喊道。

他拍了拍他的胸膛。

「鷹級童軍是什麼？」瑪塔悄聲說道。

「從少校的語氣聽來，顯然是種非常沒有軍人氣概，而且幼稚又軟弱的東西。噓！他過來了。」

多尼尼上尉升上了這個重要的職務，一方面顯得頗為莊重，但又略帶俏皮。

他若有所思地點起菸，彷彿思考著自己接下來要說的話。過了許久之後，他終於開口了。「你們問我憎恨什麼時候才會結束。就是現在。往後再也不會有勞役隊，阿兵哥也不能再偷東西，不能再破壞物品了。我的見識還不足以讓我心生恨意。」他抽了口菸，又想了一會兒。「不過，貝達的居民如果明天不趕快開始為後代重建這座美好的城鎮，我相信我也會像伊凡斯少校一樣痛恨他們。」

他隨即轉身走向對街。

「上尉，」我喊道：「我寫了一封信給伊凡斯少校——」

「他交給我了。我還沒看。」

「我可以要回來嗎？」

他面帶疑惑地看著我。「嗯，好吧。信就在我的桌子上。」

「信裡寫的是關於那張桌子的事情。我有個東西要修。」

「抽屜沒問題啊。」

「你不知道裡面有個特殊的抽屜。」

他聳聳肩。「來吧。」

我把一些工具丟進袋子裡，趕到了他的辦公室去。桌子擺在一間空空蕩蕩的房間中央，顯得頗為尊貴。我的信就擺在桌面上。

「你如果想看，可以拆開來看，」我說。

他拆開信封，把信的內容讀了出來：

> 長官您好，我忘了向您報告辦公桌的一項功能。您如果注意老鷹底下的部位，就會發現把橡木葉的圖案壓下去之後可以轉動。請把葉柄轉到指向老鷹左爪的位置，再壓下老鷹頭上的橡實，然後……

他一面讀，我一面照著自己的指示操作。我壓下葉子，旋轉到定位，桌子裡隨即傳來喀的一聲。我用拇指按下橡實，桌子前面於是跳出了一個小抽屜，只突出了幾公分，剛好可以讓人抓住，把抽屜拉出來。

「好像卡住了，」我說。我伸手到桌子底下，剪斷了一條連接在抽屜後方的鋼琴弦。

「好了！」我把抽屜拉了出來。「看吧？」

多尼尼上尉笑了起來。「伊凡斯少校一定會喜歡的。太棒了！」他滿懷欣賞地來回拉了幾下抽屜，對於抽屜前端與桌子表面的裝飾如此密合讚嘆不已。「看到這個，我都不禁希望自己也能有些祕密了。」

「歐洲很少有人沒有祕密，」我說。趁著他轉過身去，我又伸手到辦公桌底下，把一根插銷插進引爆器裡，取下了炸彈。

再見，憂鬱星期一。

回首善惡決戰

親愛的朋友：

我能不能耽誤您一分鐘的時間？我們從來沒見過面，可是我自作主張寫信給您，原因是我們共同認識的一位朋友對您讚許有加，說您的才智與人道關懷遠高於一般人。

由於每天的新聞都帶來極大的衝擊，因此我們很容易忘記幾天前才發生過的大事。所以，且容我提醒您一件在短短五年內曾經震撼全世界的事情，但現在卻已遭到世人遺忘，只剩少數幾人還記得。我指的這件事，基於《聖經》上的充分理由，現在已通稱為「善惡決戰」。

您也許記得潘恩協會成立之初的忙亂狀況。我坦承我當初擔任潘恩協會會長一職，其實認為那是一項可恥又荒謬的職務，之所以接任完全是著眼於其報酬。那時我還有其他許多機會，但潘恩協會的招聘人員提供了比其他機構高出一倍的薪水。經過三年研究所的窮學生生活之後，我已背負不少債務，所以一面接下這份工作，一面在心裡告訴自己，只要在潘恩協會待個一年，清償債務，存一點錢，然後就可以另外找一份體面的工作，從此否認自己曾經到過奧克拉荷馬州的弗迪格里斯。

多虧我一時軟弱，才得以結識當代真正的英雄戈曼・塔貝爾博士。

我貢獻給潘恩協會的資產很一般，主要是商業管理博士學位所帶來的技能。這樣的資產也大可用來經營三輪車工廠或遊樂園。我對於促成善惡決戰的理論完全沒有貢獻。我很晚才介入這項活動，主要的理論建構早已完成。

就性靈上還有付出的犧牲而言，塔貝爾博士絕對是這場戰役中貢獻最多的人。不過，就時間上的先後順序而言，首先必須提到的應該是德國德勒斯登的賽利格・希爾德涅特博士。為了讓自己的精神疾病理論能夠引起別人注意，他投注了後半輩子及所繼承的遺產，卻沒有獲得什麼成效。希爾德涅特指出，最古老的精神疾病理論顯然是唯一切合各種事實的理論，因為那項理論從來不曾被人證明是假的。他相信精神病患是遭到撒旦附身的結果。

他寫了一本又一本的書籍主張這項論點，因為沒有出版商願意出版，所以他自己出資印製。此外，他也敦促世人從事研究，盡可能了解撒旦，包括它的形態、習慣、長處和弱點。

第二個該被提到的是一名美國人，也就是我的前雇主，弗迪格里斯的傑西・潘恩。許多年前，潘恩這位石油富豪為他的圖書館訂購了共六十公尺高的書籍。書商藉機出清了許多珍貴書本，其中包括賽利格・希爾德涅特博士的作品全集。潘恩看到希爾德涅特的著作是外文書，認為書中內容必然深具爭議性，因此才會沒有英文版。於是，他聘請奧克拉荷馬大學德文系主任把內容讀給他聽。

結果，潘恩不但沒有對書商的選擇感到氣憤，反倒歡喜不已。他一生中總是因自己沒受過什麼教育而感到羞恥，但儘管希爾德涅特擁有五個大學學位，抱持的基本哲學思想卻和他如出一轍，亦即：「人類唯一的問題，就是有些人被撒旦附身。」

希爾德涅特要是活得久一點，就不會身無分文地死去了。只可惜，他早死了兩年，沒機會獲得傑西・潘恩協會的贊助。自從潘恩協會開始資助這項理論的研究，奧克拉荷馬州半數油田所生產的每一滴油都成了撒旦的催魂令。於是，各式各樣的投機分子紛紛湧入興建於弗迪格里斯的大理石殿堂。

如果我要繼續一一提及每一位有貢獻的人，這份名單恐怕會沒完沒了，因為希爾德涅特指出的研究方向吸引了數千名男男女女投入，其中有少數幾人確實聰明又正直，而潘恩則不斷提供金錢的資助。然而，這些男男女女大多數只是善妒又缺乏能力的寄生蟲。他們的實驗通常昂貴得令人咋舌，得出的結果卻總是嘲諷著贊助者傑西・潘恩的無知與好騙。

如果不是善惡決戰的殉道者戈曼・塔貝爾博士，這些千百萬的投資金額恐怕得不到任何成果，我也可能坐領乾薪，對自己的職務毫無貢獻。

塔貝爾博士是潘恩協會最資深的成員，也最受人敬重。他年約六十，身材矮胖，充滿熱情，一頭白色長髮，衣著看起來有如流浪漢一樣。他原本在東方的一家大型工業研究實驗室裡擔任物理學家，成就輝煌，年老後退休，住在弗迪格里斯附近。一天下午，他在出外購買日用品的途中順道走訪潘恩協會，想了解這些外觀宏偉的建築裡究竟進行著什麼樣的工作。

我最早看到他，而且察覺到他智慧過人，所以在介紹協會宗旨的時候頗為心虛。我的態度傳達出了這樣的訊息：「你我都受過高等教育，所以我私下向你坦承，這個協會其實是個笑話。」

不過，他沒有和我一起對協會的計畫露出鄙夷的笑容，反倒要求我拿希爾德涅特博士的著作給他。我把最主要的一本著作拿給他，其中概括了其他所有作品的論點。我站在他身邊看著他翻閱，臉上帶著輕淺的微笑。

「你們還有空的實驗室嗎？」他看了好一會兒之後，才開口說道。

「呃，有，我們還有，」我說。

「在哪裡？」

「呃，三樓整層都還沒有人用。油漆師傅已經快粉刷好了。」

「哪個房間可以給我？」

「您是說您要到這裡上班？」

「我要在安靜的空間裡工作。」

「先生，您明白我們這裡只從事撒旦研究的工作吧？」

「我很贊同這樣的研究。」

我看了看走廊，確定潘恩不在附近，然後才低聲對他說：「您真的認為這種研究會有結果嗎？」

「我有什麼權利認為沒有結果？你能向我證明撒旦不存在嗎？」

「呃，我是說，看在老天分上，沒有一個受過教育的人會相信——」

啪！他的枴杖在我馬蹄形的桌子上重重一擊。「除非我們能夠證明撒旦不存在，否則它就像這張桌子一樣真實。」

「是，先生。」

「不要對你自己的工作感到不好意思，孩子！這裡從事的研究絕對不比那些原子實驗室的研究來得差，同樣也能夠為世界帶來貢獻。我主張我們要相信撒旦的存在，除非有充分證據足以推翻這項看法。**這才是**科學！」

「是，先生。」

於是，他沿著走廊繼續鼓舞其他人，然後爬上三樓挑選他的實驗室，並且要求油漆師傅先粉刷那個房間，必須在第二天早晨之前就把房間準備好。

我拿了一張求職申請表跟著他上樓。「先生，」我說：「能不能麻煩您先填寫這張表格？」

他接了過去，卻看都不看就塞進外套口袋裡，而且他的口袋裡早已塞滿了其他各式各樣的文件。他後來還是沒有填寫那張表格就直接搬進來了，造成我們內部的管理噩夢。

「先生，關於薪資，」我說：「您心目中的數字是多少？」

他不耐煩地揮了揮手。「我來這裡是要做研究，不是要記帳的。」

一年後，《潘恩協會第一年年度報告》出版了。這份報告主要的成就，似乎就是花掉潘恩六百萬美元。西方世界的媒體稱之為年度最好笑的書籍，還翻印了書中若干段落以茲證明。共產國家的媒體將之稱為年度最令人沮喪的書籍，以專欄介紹這位美國億萬富豪，為了增加自己的獲利而不惜和撒旦直接接觸。

塔貝爾博士並不氣餒。「我們現在的立場，就像當初物理科學假設原子結構一樣，」他樂觀地說：「我們現在的構想只是純粹的信念。這些構想也許看起來很可笑，但如果不經過實驗就隨意訕笑，不僅無知，也違反科學精神。」

在那份報告裡，除了一大堆看也看不完的胡說八道之外，還有塔貝爾博士提出的三項假說：

第一，既然許多精神病患都可藉由電擊療法治癒，因此撒旦很可能害怕電流；第二，既然許多病情輕微的精神病患能夠藉由談論個人過往而治癒，可見不斷談論性與童年，很可能有助於驅逐撒旦；第三，如果撒旦存在，那麼它附身在人身上的強度顯然並不一致——有些病患可以藉由談話而驅逐撒旦，有些可藉由電擊療法，另外有些病患身上的撒旦則完全趕不走，除非病患賠上自己的一條命。

一名新聞記者曾向塔貝爾提及這幾項假說，當時我也在場。那名記者問他：「你在開玩笑嗎？」

「如果你的意思是說，我以玩笑般的心態提出這些假說，那麼我的答案是肯定的。」

「所以你認為這些假說只是胡扯囉。」

「我是說『玩笑般』，」塔貝爾博士說：「況且，我親愛的孩子，你只要看看科學史，就會發現真正重要的構想都出自智力的遊戲。那些嚴肅的研究工作其實只是把重要構想修飾得更完美而已。」

然而，世人還是偏好「胡扯」這個字眼。不久之後，弗迪格里斯除了可笑的故事之外，也出現了各種可笑的照片。其中一張是一個人頭上戴著儀器，能發出電流，讓撒旦不敢附在他身上。據說那樣的電流並不會有感覺，可是我試戴過那種儀器，卻覺得非常不舒服。我記得另外還有一項實驗的照片，可見到一名症狀輕微的精神病患坐在一只大玻璃罩底下，談論自己的過往，盼能藉此捕捉到撒旦的若干實體，因為按照理論，撒旦應該會在談話過程中被一點一點地驅逐出去。像這樣的實驗照片愈來愈多，實驗內容不但愈來愈荒謬，花費也愈來愈昂貴。

接下來，就出現了我所謂的「鼠窩計畫」。由於這項計畫，潘恩多年來首次得檢查自己的銀行存款，而且一檢查之後，隨即忙著探勘新油田。我認為花費太過高昂，反對把這項計畫付諸實行，但塔貝爾卻說服了潘恩，指稱唯一能夠驗證撒旦理論的做法，就是利用一大群人進行實驗。所以，鼠窩計畫就是要在奧克拉荷馬州的諾瓦塔、克雷格、渥太華、德拉瓦、亞代爾、切羅基、瓦戈納、羅傑斯等各郡徹底清除撒旦。另一方面，梅斯郡則充當不受保護的對照組。

在前四個郡裡，我們總共發放了九萬七千具頭部電擊儀器，並且要求居民日夜戴在頭上。在後四個郡裡，我們則設立了許多談話治療中心，要求居民每週至少報到兩次，盡情談論他們的過往。我把那些中心的管理工作交給一名助理。我實在受不了那些地方，因為裡面總是充滿了自憐自艾的氣氛和令人生厭的埋怨。

三年後，塔貝爾博士把一份機密的實驗進展報告交給傑西・潘恩，然後就因疲勞過度而住院接受治療。他在報告裡沒有提出明確的結論，也提醒潘恩切勿在完成進一步研究之前把報告內容洩漏出去。

然而，後來發生的事情卻完全出乎塔貝爾的意料之外，因為他在病房裡聽到一個全國聯播電台的主持人訪問潘恩，而潘恩竟然在一段語無倫次的開場白之後，說了以下這段話：

「受到我們保護的這八個郡裡，沒有任何一個人遭到撒旦附身。舊的病例不少，可是沒有新的，唯一的例外是五個結舌說不出話來的傢伙，還有十七個沒幫儀器換上新電池的人。不過，我們故意跳過中間的梅斯郡，讓那裡的居民自己照顧自己，結果他們就照常不斷有人下地獄……。

「這個世界的問題就是撒旦，一直都是這樣，」潘恩總結道：「我們已經把它趕出了奧克拉荷馬州東北部，除了梅斯郡以外，但我相信我們也可以把它從那裡趕走，並且讓它在全世界都無從落腳。《聖經》說，以後會有一場善惡之間的大戰。在我看來，這場大戰已經降臨了。」

「那個老番癲！」塔貝爾吼道：「我的老天，**這下**會鬧出什麼樣的結果？」

說來實在不湊巧，潘恩還在那個時刻發表這項言論，正好引起了世人最激烈的反應。想想看，在那個時候，世界彷彿遭到某種邪惡魔法施咒，不但分裂成對立的兩方，而且雙方各種針鋒相對的行動，看來顯然只有可能帶來災難。沒有人知道該怎麼辦。人類的命運似乎已超出人類的掌控。每一天都充滿了徹底的無助，每一天的新聞也令人愈來愈沮喪。

就在這時候，奧克拉荷馬州弗迪格里斯竟然有人宣稱世界的問題就在於撒旦肆虐，而且這項主張還附帶了證據和解決方案！

全人類因此鬆了一口氣而發出的嘆息聲，想必連其他銀河系都聽得見。原來世界的問題不是俄國人，不是美國人，不是中國人，不是英國人，也不是科學家、將軍、金融家、政客，或者世界上的任何一個人，感謝老天。人類不壞，人類正直無辜又聰明，做什麼事都出自一片好意，只是因為撒旦的阻撓而造成負面的後果。如此一來，每個人的自尊心都因此提升了一千倍，而且唯一丟臉的只有撒旦。

世界各國的政治人物都隨即大聲宣告自己反對撒旦。各家報紙的社論也同樣採取了這種大無畏的立場，堅決反對撒旦。沒有人支持它。

聯合國裡的眾小國提出了一項決議案，要求各大國同心協力，展現他們內心天真熱情的一面，把世人唯一的敵人——撒旦——永遠逐出地球表面。

在潘恩那段談話之後，相關新聞沸騰了好幾個月，一般人恐怕得烹煮自己的祖母或是拿斧頭到孤兒院裡大開殺戒，才有可能登得上報紙頭版。所見所聞，都是善惡決戰的新聞。過去報導弗迪格里斯各種異想天開的研究活動以娛樂大眾的作者，突然間都成了富有遠見的專家，專精於驅魔鈸、鞋底十字架、黑彌撒以及各種相關傳說。聯合國、政府官員及潘恩協會的信箱都塞滿了各地民眾的來信，差不多像耶誕節一樣熱鬧。所有人顯然早就知道一切問題都出在撒旦身上，不但許多人宣稱自己見過撒旦，而且幾乎每個人都有驅逐撒旦的妙方。

如果有人認為這一切根本是胡搞，就會發現自己的處境猶如身在生日宴會上的喪葬保險推銷員。所以，這樣的人都選擇閉嘴。反正就算不閉嘴，也沒有人會搭理他們。

抱持質疑態度的人士，也包括了戈曼・塔貝爾博士在內。「老天爺，」他憂心忡忡地說：「我們還不知道自己究竟證明了什麼。那些實驗只是個起頭而已，可能還需要好幾年的持續研究，才能確定我們驅逐的對象到底是撒旦還是什麼東西。現在，潘恩卻把大家搞得一頭熱，好像我們只要打開幾個儀器，地球就會變回伊甸園。」但他的話沒有人聽得進去。

潘恩當時已經破產，所以也樂得把協會交給聯合國接手，而聯合國也成立了撒旦研究調查委員會。塔貝爾博士和我被任命為該委員會的美國代表，而且第一場會議就在弗迪格里斯舉行。我獲選為委員會主席。相信您也想像得到，大家都針對我的名字開了不少無聊的玩笑，指稱我是這項職務的理想人選。

委員會眾多成員都深感沮喪，因為世人對我們的期待極高，但我們擁有的知識卻又那麼少。世人交給我們的使命不只是預防精神疾病，而是要消除撒旦。不過，在如此龐大的壓力下，我們還是慢慢規畫出一項計畫，其中主要的構想都來自塔貝爾博士。

「我們不能提出任何保證，」他說：「只能利用這個機會從事遍及全世界的實驗。這一切都只是假設，所以不妨再多假設一點。我們可以假設撒旦就像傳染病，然後按照傳染病的防治方式來對付它。我們如果讓它完全找不到可以附身的對象，也許它就會消失或死掉，或者跑到別的星球去，或者到撒旦該去的地方，如果真有撒旦的話。」

根據我們的估計，如果要對全球所有的人發放頭部電擊儀器，大約需要花費兩百億美元，每年換電池又需要額外的七百億。就現代的戰爭而言，這樣的花費其實算是正常水準。不過，我們很快就發現世人只願意為自相殘殺付出這麼高的代價。

於是，巴別塔的做法顯然比較可行。談話畢竟不必花什麼錢。聯合國撒旦委員會的第一項建議，就是在世界各地設立談話治療中心，再採取對當地人民最有效的強制作為，也許是金錢利誘，也許用刺刀脅迫，或是以死後下地獄的說法恐嚇他們，藉此促使所有人定期前往治療中心盡情談論童年和性的話題。

這項建議是聯合國撒旦委員會真正打算採取實際手段打擊撒旦的第一個徵象。不過，各界的反應卻顯露出熱潮背後一股深刻的不安。許多領袖都不斷閃躲，並以拐彎抹角的言詞抗拒委員會的措施，例如指稱強迫一般人前往治療中心的做法「違反了我們開國先烈不惜犧牲性命而換來的偉大傳統……」。沒人敢甘冒不韙為撒旦開脫，但許多身居高位者提出告誡，卻顯然無意採取任何作為。

一開始，塔貝爾博士以為這樣的反應是源於害怕——害怕撒旦為我們打算向它開戰而報復。不過，他後來仔細檢視了反對者有哪些人，並且看過他們的說詞，隨即興沖沖地說：「哇，原來他們認為我們真的有可能成功。他們害怕的是，撒旦一旦不再肆虐，他們恐怕連扮演個捕狗人的角色都沒機會。」

不過，如同我說的，我們覺得自己能夠對世界造成改變的機會，大概只有一兆分之一。後來，多虧一場意外以及潛在的反對態度，這項機率又隨即變為一億萬兆分之一。

委員會提出第一項建議之後不久，就發生了一項意外。在聯合國大會上，一名美國代表悄悄對另一名代表說：「笨蛋也知道怎麼樣迅速擺脫撒旦。只要轟掉它在克里姆林宮的總部就好了。」他以為自己面前的麥克風沒開，但他搞錯了。

他的麥克風不但開著，播送對象還廣及全體大會，各國翻譯員也非常盡忠職守，把他的話翻譯成了十四種語言。俄國代表團隨即退席，並且發電報回國，請政府提出適當回應。兩個小時後，他們帶著一份聲明回到大會上：

蘇維埃社會主義共和國聯邦的人民認為聯合國撒旦研究調查委員會已淪為美利堅合眾國的國內機構，自此撤回對該委員會的支持。俄國科學家完全同意潘恩協會的研究發現，亦即美國處處可見撒旦的蹤影。本國科學家採取同樣的實驗技術，結果在蘇聯境內完全沒有發現撒旦的活動，可見撒旦肆虐的問題只存在於美國。蘇聯人民祝福美國人民達成驅逐撒旦的艱困任務，早日重回友善國家的行列。

美國的立即反應，就是禁止撒旦委員會繼續在美國國內從事研究，因為任何研究發現都可能成為俄國的宣傳武器。其他國家隨即跟進，紛紛宣布自己國內早已消除了撒旦的蹤跡，於是聯合國撒旦委員會就此落幕。老實說，我其實樂見這樣的結果，而且不禁鬆了一口氣。畢竟，這個委員會已經逐漸成為頭痛來源了。

潘恩協會也就此玩完，因為潘恩已經破產，除了關閉協會之外，別無選擇。關閉的消息一宣布之後，協會裡那些不學無術、坐領乾薪的偽專家紛紛闖進我的辦公室抗議，於是我只好逃到塔貝爾博士的實驗室。

我開門進去的時候，他剛好拿著焊槍點燃雪茄。他點點頭，透過雪茄的煙霧瞇眼望著樓下庭院裡那些頓失依靠的撒旦研究學家。「也該是趕走那些工作人員，好好做點正事的時候了。」

「我們也失業了，你知道吧？」

「現在我不需要錢，」塔貝爾說：「只需要電力。」

「那你動作就快點吧，我寄給電力公司的支票應該跳票了。你現在到底在做什麼啊？」

他把一條電線焊接在一個銅製圓桶上，高約一百二十公分，直徑約一百八十公分，上面蓋著桶蓋。「這是第一個躲在圓桶裡並掉入尼加拉瓜瀑布的麻省理工學院校友。你覺得他還能活著嗎？」

「說正經的。」

「真是個不苟言笑的孩子。你先讀點東西給我聽。那邊那本書，看到書籤了嗎？」

那是一本探討魔法的經典著作，弗雷澤爵士的《金枝》。我翻開夾著書籤的那一頁，看到其中一段文字畫著底線，內容講的是聖賽凱的彌撒，亦即所謂的黑彌撒。我大聲讀了出來：

「聖賽凱的彌撒只能在毀壞或廢棄的教堂裡舉行，可聽到貓頭鷹咕咕叫著，蝙蝠在黃昏中飛掠而過，流浪漢夜棲於此，蟾蜍蹲踞在髒污的聖壇下。在這樣的教堂裡，邪惡的教士會在夜間到來……等待十一點的鐘聲一響，就倒著唸起彌撒，唸完正是午夜十二點……。他頌讚的聖體是黑色的，而且有三個角；他喝的不是酒，而是把不曾受洗的嬰兒屍體拋進井裡，再喝井裡的水。他也畫出十字架的圖案，卻是用左腳畫在地上。此外，還有許許多多的作為，虔誠的基督徒一旦目睹，必因驚嚇過度而變得又瞎又聾又啞。」哇！

「這麼做應該能夠馬上把撒旦吸引過來，就像火災警報器引來消防車一樣，」塔貝爾博士說。

「你該不會認為這麼做真的有用吧？」

他聳聳肩。「我沒試過。」電燈突然熄滅了。「就這樣了，」他嘆一口氣，放下焊槍。「這裡已經做不了事情了。我們出去找個沒受洗過的嬰兒吧。」

「你不告訴我這個圓桶是幹什麼用的嗎？」

「顯而易見，就是個捕捉撒旦的陷阱。」

「當然了，」我遲疑地露出微笑，往後退了一步。「你打算用撒旦蛋糕誘捕它。」

「小老弟，潘恩協會得出的一項主要理論，就是撒旦完全不受撒旦蛋糕的引誘。不過，我們可以確定它對電流絕對有反應。只要我們能夠付得出電費，就可以引導電流通過這個圓桶的桶壁和蓋子。所以，我們只要在撒旦進到桶子裡面後，打開電流開關，就可以抓到它了。也許吧，誰知道呢？有誰那麼不要命，敢嘗試這種做法呢？不過，就像煮兔肉粥一樣，總得先抓到兔子再說。」

我原本盼望撒旦研究已經告一段落，也期待著要做點別的事情，但塔貝爾博士的堅持卻讓我忍不住待在他身邊，看看他的「智力遊戲」會帶來什麼樣的後果。

六個星期後的一天夜裡，塔貝爾博士和我用推車拉著銅製圓桶走下一道山坡，我背上還背著一綑電線，沿路鋪設在地上。我們走到摩和克河谷底部，可以望見遠處斯克奈塔第的燈光。

介於我們站立的地方與摩和克河之間，廢棄的伊利運河映照著天上的滿月。這段運河早已被摩和克河另外挖掘的水道取代，現在只是一灘死水。運河旁有一片老舊旅館的地基，那座旅館曾經是運河上船夫和旅人的落腳處。

在那片地基旁，則是一座教堂的廢墟。

夜空下，可見尖塔的輪廓，昂然聳立在這片早已腐朽和充滿鬼魂的教區裡。我們走進教堂，河流上游突然傳來拖船的號角聲，響亮的聲音在河谷裡的建築物之間迴盪著，陰鬱沉重。

一隻貓頭鷹咕咕叫，還有一隻蝙蝠在我們頭上飛來飛去。塔貝爾博士把圓桶滾到聖壇前方。我把電線連接到一個開關上，再以六公尺長的電線從開關連接到圓桶。電線的另一端接著山坡上一間農舍裡的迴路。

「現在幾點？」塔貝爾博士悄聲問道。

「十點五十五分。」

「好，」他的聲音聽起來有氣無力，我們兩個人都怕得渾身發抖。「聽我說，我認為應該什麼事都不會發生，但是如果真的發生什麼狀況，我們要是有個三長兩短，為了未雨綢繆，我已經先在農舍裡留了一封信。」

「我也是，」我說。我抓住他的手臂。「我們取消好不好？」我哀求道：「如果真的有撒旦，我們又一直想要困住它，那它一定會報復，而且誰知道它會怎麼對付我們！」

「你不必留下來，」塔貝爾說：「我自己應該可以操作開關。」

「你下定決心要這麼做？」

「雖然怕得很，但還是要做，」他說。

我沉重地嘆了一口氣。「好吧。上天保佑你。我負責操作開關。」

「好，」他說，勉強擠出一絲微笑。「戴上頭部電擊儀器保護自己。我們動手吧。」

斯克奈塔第的某一座鐘塔傳來鐘聲，時間已是十一點整。

塔貝爾博士嚥了一口口水，踏上聖壇，把一隻蟾蜍撥到一旁，隨即展開這場恐怖的儀式。

他先前已經花了好幾週的時間演練自己的角色，我則是忙著找尋適當的地點及準備各項道具。我沒有找到可以把未受洗的嬰兒屍體丟進去的水井，可是找到了其他足以替代的東西，即便是最邪惡的撒旦，想必也會對這樣的替代品感到滿意。

現在，為了科學與人類，塔貝爾博士全心投入聖賽凱的彌撒，臉上帶著驚惶的神情，做出虔誠基督徒看了會驚嚇過度而變得又瞎又聾又啞的各項儀式。

幸好我的感官都安然無恙。一聽到斯克奈塔第傳來十二點整的鐘聲，我不禁鬆了一口氣。

「現身吧，撒旦！」塔貝爾博士在鐘響之際高聲喊出：「黑夜之王，請聽你僕人的召喚，現身吧！」

十二點整的鐘響結束了，塔貝爾博士也累得趴在聖壇上。過了一會兒，他才掙扎起身，聳了聳肩，微微一笑。「管他的，」他說：「沒試過就永遠不會知道。」他把頭上的電擊儀器拿下來。

我拿起螺絲起子，準備拆下電線。「這下子，希望聯合國撒旦委員會和潘恩協會就真的可以到此為止了，」我說。

「其實我還有一些主意，」塔貝爾博士說。然後，他突然嚎叫了起來。

我抬頭一看，只見他雙眼圓睜，目光歪斜，全身發抖。他想說話，卻只擠得出一絲喉音。

接下來，我目睹了人類史上最偉大的掙扎。後來曾有數十位藝術家試圖畫出當時的景象，可是不論他們把他的眼睛畫得多凸，臉畫得多脹紅，肌肉畫得多麼糾結，仍遠遠不足以呈現善惡決戰當時的那種英雄氣概。

塔貝爾趴跪在地上，然後，彷彿拉著一條被巨人扯住的鐵鍊，他緩緩朝著圓桶爬去。他的汗水濕透了身上的衣服，只能發出喘息和咕噥。他每次想停下來喘口氣，就會被一股看不見的力量往後拉扯。於是，他又再次繃緊全身肌肉，爬向那近在咫尺卻又遠在天邊的目的地。

最後，他總算爬到了圓桶前，並且用盡全身力氣站了起來，彷彿身上壓著千斤重擔，然後栽入了圓桶的開口。他撕抓著桶壁內的絕緣層，令人不寒而慄的喘息聲迴盪在桶內。

我嚇呆了，不敢相信也無法理解自己看到的事情，更不知道接下來該怎麼辦。

「快！」塔貝爾博士在圓桶裡吼道。他的手伸出桶外，拉上蓋子，然後又吼了一聲，聲音似乎來自很遠的地方：「快。」

我突然明白了。我全身不由自主地顫抖起來，只覺得一陣頭暈目眩。我明白了他要我做的事情。他的靈魂雖已遭到撒旦吞噬，卻還是靠著僅存的一絲理智要我完成他的計畫。

於是，我從外面鎖上了蓋子，接通了電流。

所幸斯克奈塔第距離不遠。我打電話給協和學院的一位電機教授。不到四十五分鐘，他就製成了一座簡易的氣密艙，可讓塔貝爾博士獲得空氣、食物和水，但又隨時在他周身保持一層通電的擒魔罩。

在這場悲劇性的勝利當中，最令人難過的自然是塔貝爾博士心智上的衰退。他原本的聰明才智已蕩然無存，身心都已遭到撒旦盤據。撒旦為了獲得自由，不斷利用他的聲音喊出各種邪惡的謊言，包括聲稱塔貝爾是被我丟進圓桶裡的。如果容許我自吹自擂，那麼我必須說，我在這場事件中也有不少痛苦和犧牲。

由於塔貝爾事件充滿爭議，政府又因顧及國家聲譽而不願承認撒旦是在美國境內擒獲，因此塔貝爾保護基金會也就無法獲得政府補助。維持擒魔罩以及維繫塔貝爾博士的性命，都只能仰賴像您這樣富有社會意識的人士資助。相較於基金會為人類帶來的效益，其支出和預算實在微不足道。我們的建築只採取了絕對必要的改善措施，包括為教堂加上屋頂、重新上漆、建造圍牆、把腐朽的木材換新，並且裝設暖氣系統和輔助電力系統。相信您也同意，這些都是不可或缺的基本設施。

然而，我們儘管嚴格控制花費，基金會的資金卻還是遭到通貨膨脹侵蝕殆盡。我們原本為了小規模改善而存下來的資金，都盡數耗竭於日常開銷。基金會只雇用了三名支薪管理人員，二十四小時輪班餵食塔貝爾博士以及驅趕尋求刺激的人士，還有維護各項電力設備。如此拮据的人力如果再執行裁撤，將可能因看顧上的一時疏忽，導致善惡決戰的勝利一夕之間翻盤。包括我在內的基金會董事都沒有支薪。

由於我們仍有日常開銷以外的需求，因此必須尋求新朋友。這就是我寫信給您的原因。經過初期幾個月的圓桶歲月之後，塔貝爾博士的居所已獲得擴大，現在是一間銅製牆壁的絕緣室，直徑二點五公尺，高一百八十公分。不過，相信您也同意，這樣的居所對塔貝爾博士而言仍然太過委屈。像您這樣的熱心人士如果願意敞開心胸、慷慨解囊，我們希望能夠為他擴建一間書房、一間臥室，還有一間浴室。近來的研究也發現，我們其實可以給他一面通電的窗戶，只是造價必然非常高昂。

但不論花費多麼昂貴，都不足以報答塔貝爾博士為人類所做的犧牲。像您這樣的新朋友如果捐贈的金額夠多，那麼除了擴建塔貝爾博士的居所之外，我們也希望能在教堂外建造一座紀念碑，雕上他的肖像，並且刻上他擊敗撒旦之前在那封遺書裡寫下的這段文字：

我今晚如果能夠成功，撒旦就再也不會在人間肆虐。我能做的僅止於此。只要其他人願意消除世上的虛榮、無知及匱乏，人類即可從此永遠享有幸福快樂的生活。——戈曼・塔貝爾博士。

捐款金額不拘。

基金會董事長
路西法・魔鬼博士　敬上

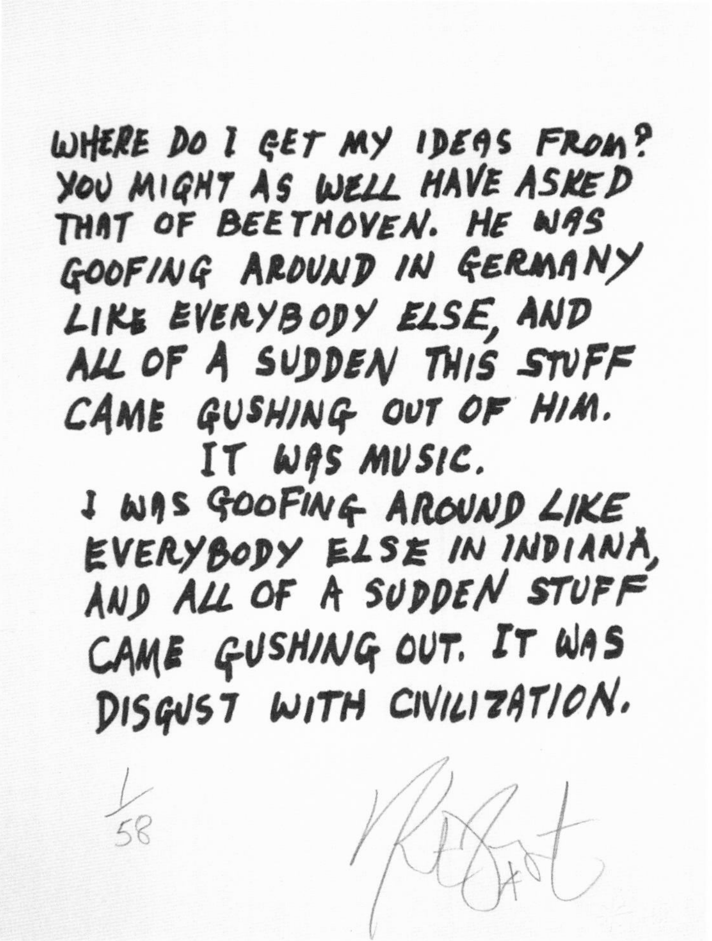
WHERE DO I GET MY IDEAS FROM? YOU MIGHT AS WELL HAVE ASKED THAT OF BEETHOVEN. HE WAS GOOFING AROUND IN GERMANY LIKE EVERYBODY ELSE, AND ALL OF A SUDDEN THIS STUFF CAME GUSHING OUT OF HIM.
IT WAS MUSIC.
I WAS GOOFING AROUND LIKE EVERYBODY ELSE IN INDIANA, AND ALL OF A SUDDEN STUFF CAME GUSHING OUT. IT WAS DISGUST WITH CIVILIZATION.

1/58

我寫小說的構想都是從哪裡來的？你大可以把這個問題拿去問貝多芬。他原本在德國鬼混，就像其他人一樣，結果內心深處突然冒出了一種東西。

那是音樂。

我本來也在印第安那鬼混著，像其他人一樣，結果也有一種東西從我內心冒了出來。那是對文明的痛恨。

馮內果作品集 20
獵捕獨角獸：黑色幽默大師馮內果從未公開之最新遺作
Armageddon in Retrospect, and Other New and Unpublished Writings on War and Peace

作　　者　馮內果（Kurt Vonnegut）
譯　　者　陳信宏
選書企畫人　陳蕙慧　胡金倫
特約編輯　潘慧嫺
責任編輯　胡金倫

總 經 理　陳蕙慧
發 行 人　凃玉雲
出　　版　麥田出版
城邦文化事業股份有限公司
100台北市中正區信義路二段213號11樓
電話：（886）2-2356-0933　傳真：（886）2-2351-6320、2-2351-9179
發　　行　英屬蓋曼群島商家庭傳媒股份有限公司城邦分公司
104台北市中山區民生東路二段141號2樓
客服服務專線：(886) 2-2500-7718；2500-7719
24小時傳真專線：(886) 2-2500-1990；2500-1991
服務時間：週一至週五上午09:00~12:00；下午13:00~17:00
劃撥帳號：19863813　戶名：書虫股份有限公司
讀者服務信箱：service@readingclub.com.tw
麥田部落格　http://blog.pixnet.net/ryefield
香港發行所　城邦（香港）出版集團有限公司
香港灣仔駱克道193號東超商業中心1樓
電話：(852) 2508-6231　傳真：(852) 2578-9337
E-mail：hkcite@biznetvigator.com
馬新發行所　城邦（馬新）出版集團【Cite (M) Sdn. Bhd. (458372U)】
11, Jalan 30D / 146, Desa Tasik, Sungai Besi,
57000 Kuala Lumpur, Malaysia.
電話：（60）3-9056-3833　傳真：（60）3-9056-2833
印　　刷　前進彩藝有限公司
初版一刷　2009年4月

定價：300元
ISBN：978-986-173-497-2

城邦讀書花園
www.cite.com.tw

國家圖書館出版品預行編目資料

獵捕獨角獸：黑色幽默大師馮內果從未公開之最新遺作／馮內果（Kurt Vonnegut）著；陳信宏譯. -- 初版. -- 臺北市：麥田，城邦文化出版：家庭傳媒城邦分公司發行，2009.04

面；　公分. --（馮內果作品集；20）

譯自：Armageddon in retrospect, and other new and unpublished writings on war and peace

ISBN 978-986-173-497-2（平裝）

874.4　　98004624

cité 城邦 麥田出版
Rye Field Publications
A division of Cité Publishing Ltd.

廣	告	回	函
北區郵政管理局登記證			
台北廣字第000791號			
免	貼	郵	票

英屬蓋曼群島商
家庭傳媒股份有限公司城邦分公司
104 台北市民生東路二段141號2樓

▼

請沿虛線折下裝訂，謝謝！

文學・歷史・人文・軍事・生活

麥田出版
Rye Field Publications

編號：RN1120　書名：獵捕獨角獸

讀者回函卡

cité 城邦

謝謝您購買我們出版的書。請將讀者回函卡填好寄回，我們將不定期寄上城邦集團最新的出版資訊。

姓名：________________ 電子信箱：________________

聯絡地址：□□□ ________________

電話：（公）________________ 分機 ____ （宅）________________

身分證字號：________________（此即您的讀者編號）

生日：____年____月____日 性別：□男 □女

職業：□軍警 □公教 □學生 □傳播業 □製造業 □金融業 □資訊業 □銷售業

□其他 ________________

教育程度：□碩士及以上 □大學 □專科 □高中 □國中及以下

購買方式：□書店 □郵購 □其他 ________________

喜歡閱讀的種類：（可複選）

□文學 □商業 □軍事 □歷史 □旅遊 □藝術 □科學 □推理 □傳記

□生活、勵志 □教育、心理 □其他 ________________

您從何處得知本書的消息？（可複選）

□書店 □報章雜誌 □廣播 □電視 □書訊 □親友 □其他 ________________

本書優點：（可複選）

□內容符合期待 □文筆流暢 □具實用性 □版面、圖片、字體安排適當

□其他 ________________

本書缺點：（可複選）

□內容不符合期待 □文筆欠佳 □內容保守 □版面、圖片、字體安排不易閱讀

□價格偏高 □其他 ________________

您對我們的建議：________________

____

____